お電話かわりました名探偵です

リダイヤル

佐藤青南

角川文庫
22948

目次

プロローグ

　パトカーの扉が開き、三好崇行の目の前は真っ暗になった。

「さあ。乗って」

　高級ホテルのドアマンのようなしぐさで三好を促す男は、たしか和田という名前だった。捜査一課の刑事だと名乗られたときには冗談かと思ったが、いま自分が置かれた状況を考えれば、信じざるをえない。

　三好が後部座席に乗り込むのを待って、和田が扉を閉めた。自らは助手席に乗り込む。ハンドルを握るのは、三好の息子ぐらいの年齢の若い警察官だった。

　フロントガラスを夜の住宅街が流れ始める。

「一つ、訊いていいですか」

　三好の問いかけに、和田が振り返った。

「なに？」

「なんで、あそこを通るってわかったんですか」

三好は強盗を働こうとした。仕事帰りらしき若い女を駅から尾行し、ひと気のない夜道で刃物を突きつけてハンドバッグを差し出すよう要求した。華奢で小柄で、いかにも非力そうな女は、素直に従うだろうと高を括っていた。

ところが甲高い声で悲鳴を上げられ、あえなく計画は頓挫した。三好はなにも手に入れることができず、犯した罪の重さに押し潰されそうになりながら逃走する途中で、和田に捕らえられたのだった。

いや、捕らえられたというより、三好が自ら捕まりに行ったという表現が適切だろうか。逃走経路に和田が待ちかまえていたのだ。和田は網をかまえて待っていただけだった。そこに三好が、自分から飛び込んだかたちになる。

わけがわからなかった。犯行が周到に計画されたものであったなら、まだ理解できる。だが借金で首が回らなくなった末の、まったくの行き当たりばったりの犯行だった。つい一時間前には、自分がそんなことをするなど考えてもいなかったほどに。逃走経路など自分でも予想できなかった。

「わかった……っていうか、誘導したんだ」

暗闇に浮かぶ和田の目が、嬉しそうに細められる。

「誘導？」

「強盗未遂で逃げているのに、サイレンに近づいていくやつはいないだろう？」

ぐらりと視界が揺れた。

三好はサイレンの音を聞いて警察から逃げているつもりだったが、警察はそれを逆手にとっていたのか。

「被害者からの通報で、きみが逃走したおおまかな方向はわかっていた。犯行からの経過時間で、現場からどれだけ遠ざかれるかという距離も予測がつく。ただそれだけだと、範囲が絞りきれない。だから逃走ルートを限定する必要があった。ただし犯人は誘導されていると気づかず、自ら選んでいるのだと思わせる方法で」

「でも」と三好はさらなる疑問をぶつけた。

「車やバイクで逃げたとは思わなかったんですか」

「おれも考えたけど、その可能性は低いらしい」

和田はなぜか伝聞口調だった。「現場は最寄り駅から徒歩十五分以上離れた住宅街。被害者は会社からの帰宅途中で、駅から自宅に向かって歩いていた。犯人は背後から被害者の正面にまわり込み、刃物を突きつけている。ということは待ち伏せていたのではなく、被害者をつけていた。おそらく駅前から尾行し、ひと気がなくなったのを見計らって犯行に及んだ。それでも駅周辺に逃走手段として車やバイクを用意していた可能性が残るけど、悲鳴を上げた被害者に驚いてきみが逃げ出したのは、駅とは逆方向だった。だから車やバイクではない。徒歩で逃走している」

しばらく呆然とした後で、三好は訊いた。

「本当にいるのか？」

「え？」

「〈万里眼〉だよ。本当にいるのか」

「なんでそんな言葉を知ってる」

和田は困惑した様子だった。この反応は、つまり肯定と捉えて差し支えないだろう。

「聞いたんだ。Z県警の通信指令室には、一一〇番通報から聞き取った情報だけで事件の真相を見抜いてしまう凄腕の通信司令員がいるって」

教えてくれたのは、同じパチンコ店の常連客だった。気の良いオヤジだが左手の小指がなかった。しばらく服役していたらしい。

「そんなに噂になってるの」

助手席の刑事が愉快そうに肩を揺らした。

「ああ。あっという間に捕まったって」

だから悪いことはするもんじゃねえぞと助言されたのだ。そのときは眉唾だと聞き流したが、いまならあのオヤジの言った意味がよくわかる。

「マジかあ」と、なぜか複雑そうに言った後で、ちらりとこちらを振り返る。

「それ、あんまり言いふらさないでくれるかな」

「え？」

「本人が好きじゃないっぽいんだよね、そういうふうに言われるの。〈万里眼〉なんて、おれはなかなかかっこいい二つ名だと思うし、むしろ広まったほうが犯罪の抑止にもつながると思うんだけどさ」

「はあ……」

パトカーは五分ほど走り、最寄りの警察署の敷地に乗り入れた。

CASE1　宇宙人にさらわれた少年

1

くしゅん。

かわいらしいくしゃみに反応して、僕は左に顔を向けた。

「風邪ですか」

いぶき先輩が人差し指の背で鼻の頭を擦(こす)りながら首をひねる。

「いえ。体調はすこぶる良好です。埃(ほこり)っぽいからでしょうか」

顔立ちは整ったクールビューティーなのに、声だけ聞くとまるで小学生だ。ギャップ萌(も)えここに極まれり。僕より四つも年上の先輩なのに。

「アレルギー持ちでしたっけ」

「違うと思うのですが」

それなら埃が原因じゃないのでは。

すると僕の右側から、細谷(ほそや)さんの声が飛んできた。

「誰かが噂でもしてるんじゃないの」

細谷さんは丸い体をさらに丸くするように背を丸め、含みのある横目でいぶき先輩を見つめている。

「違います」

いぶき先輩はぶんぶんと大きく顔を横に振った。それに合わせてボブスタイルの艶やかな髪がふわりふわりと揺れる。

「わからないじゃないの。君野さんのことを見初めた男の人が、どこかで噂してるかもしれないわよ。君野いぶきちゃんっていう、とっても素敵な女の子に出会って……って」

胸の前で両手を重ねてうっとりと虚空を見つめていた細谷さんが「ねえ。早乙女くんもそう思わない？　だって君野さん、美人だものね」と同意を求めてきた。

それにたいする僕の返答は「ああ。ええ。まあ」という、なんとも煮え切らないものだった。いぶき先輩が美人であるのに異論を挟む余地などないが、本人を前に美人認定するのは気恥ずかしい。そんなことだから二十四歳にもなって女性との交際経験が皆無なのだ。わかっている。くだらない自意識なんか取っ払って、かわいいものはかわいい、綺麗なものは綺麗と、思ったままを口にするべきだ。

けれど頭で理解していても、長年かけて培われた面倒くさい自我の殻を破るのは難しい。

「なによ。はっきりしないわね」

僕を叩く真似をしたそのとき、細谷さんの指令台の横に設置された警告灯が緑色に光った。すぐさま指令台に向き直った細谷さんは『受信』ボタンを押下して通報に対応する。

「はい。Z県警一一〇番です。事件ですか。事故ですか」

先ほどまでのリラックスした雰囲気とは打って変わった、きりりと引き締まった話し方で、通報者から情報を聞き出していく。

ここはZ県警本部八階にある通信指令室。正面の三十六面巨大スクリーンには県の地図が大写しになっていて、各地の天候や交通事故、事件、火災、救急出場などの状況がリアルタイムで更新されている。広大な空間には一一〇番指令台が六台二列、無線指令台六台、総合指令台四台、統合台が軍隊の陣形のように配置され、一日千二百件に及ぶ通報に二十四時間態勢で対応している。

僕の定位置は最前列の五番台。四番台のいぶき先輩、六番台の細谷さんに挟まれて一日平均百件の通報に対応するようになってから、もう一年が過ぎた。

ヘッドセットマイクを軽く押さえ、スピーカーから聞こえる細谷さんと通報者の会話に耳をかたむける。

県内全域から入電する通報はすべてがこの通信指令室に集約され、必要に応じて各所轄署に出動要請が出る。動揺する通報者をいかに落ち着かせ、正確な情報をより早く、より多く引き出せるか。通信指令課は警察の初動対応の鍵を握る、非常に重要な役割を担っている。通報はすべての指令台から傍受可能になっていて、必要に応じて『三者』ボタンを押すことでほかの指令台から介入もできる。

今回の通報に緊急性はなさそうだ。通報者は年輩の女性で、突然家の照明が消えて暗闇になったと怯えていた。だがよくよく話を聞いてみると電子レンジを使用中だったので、たんにブレーカーが落ちただけのようだ。細谷さんは通報者に配電盤を調べてみるよう案内している。お門違いの通報への対応も慣れたものだ。それもそのはずで、こういった緊急性のない通報は全体の三割にも及ぶ。やれ自転車がパンクした。やれゴキブリを退治して欲しい。やれ嫁にいびられている。いったい市民は一一〇番をなんだと思っているのだと最初はあきれたものだが、最近は慣れた。とはいえ職員が慣れるより、迷惑通報自体が減るのが理想だけれども。

細谷さんと通報者との会話のモニタリングを中断し、僕は左に顔を向けた。

「風邪じゃないといいですね」

「風邪じゃないです。体調はすこぶる良好だと申し上げました」

ぴしゃりと撥ねつけるような冷たい口調に面食らった。

またなにか、いぶき先輩の機嫌を損ねるようなことを口走ってしまったのだろうか。

頭の中で先ほどの会話を反芻してみるが、思い当たるふしはない。

でも明らかに不機嫌になっている。

「いぶき先輩。僕、なにか気に障るようなこと、言いました？」

「いいえ。なにも言われていないです。なにも」

最後の「なにも」をとくに強調する言い方。

あっ、と思う。「君野さん、美人だものね」という細谷さんの問いかけに、曖昧な返答をしたのが気に食わないらしい。

まったく女性は難しい。正解があるのなら最初に台本でも渡してくれよ。暗記してその通りにしゃべるから。

「きっと誰かが噂話をしているのだと思います」

いぶき先輩が言う。

それ最初に否定してませんでしたっけ。

なんて指摘したら火に油を注ぐ結果になりそうだ。

「どこかで私のことを見初めた素敵な男の人が、私の噂話をしているに違いありません。早乙女くんは違うかもしれませんけど、こんな私のことを素敵だと感じてくれる男性も、きっと世の中には存在するでしょうから」

いや、僕だって素敵だと思っていますよ。

と、即座に返せたらいいのだけど、僕にはそれができない。あのとき、ああいうふうに答えるべきだった、あんなふうに返せばよかった。そんな後悔が積み重なってできたのが、僕、早乙女廉という人間です。

すると、そんな僕の憧れを具現化したような男性が近づいてきた。

「ただいま」と当然のように手を上げているが、ここは彼の本来の職場ではない。

和田哲哉巡査部長は、捜査一課に所属する刑事だ。紺色の制服の中に一人だけピンストライプのスーツが紛れていると当然目立つけど、本人も、そして周囲も、まったく気にしていない。

「いぶきちゃん。相変わらずかわいいね。これ、お土産」

和田さんは僕の言えない台詞をさらりと口にしながら、いぶき先輩にドーナツチェーン店のロゴの入った紙箱を差し出した。

「いいんですか」

いぶき先輩の顔がぱっと明るくなる。

「もちろんだよ。今回もいぶきちゃんのおかげで、犯人の早期逮捕につながったわけだし、こんなんで済むなら安いもんだ。いつもありがとう」

「いいえ。私は自分の仕事しただけですから」

先輩は大きく手を振って謙遜するが、たしかにあれがドーナツで済むなら安いものかもしれない。

先ほど、僕はある強盗未遂事件の通報を受けた。そこに『三者』ボタンでいぶき先輩が介入。通報者から聴取した情報だけで、犯人の逃走経路を予想し、付近のパトカーに指示を出して犯人を誘導しながら、待ち受ける和田さんに逮捕させてしまった。

まさしく千里眼を上回る〈万里眼〉――。

これまで隣の指令台でその手腕をつぶさに見てきたし、自分でもその境地に近づこうと努力してきたつもりだけど、いっこうにその背中は見えない。それどころか、知れば知るほど〈万里眼〉のすごみを痛感させられる。高い山を遠くから見ているだけでは、登るときの険しさはわからないということか。

ともかく捜査一課の和田さんが通信指令室に入り浸っているのは、いぶき先輩の〈万里眼〉をあてにしているからだった。いぶき先輩が通報の時点で事件の真相を見抜いてしまうので、後は現場に向かえばいいという寸法だ。ほとんど刑事部屋に顔を出さない和田さんにたいして当初は風当たりも強かったようだが、立て続けに重大事件を解決してしまうのだから文句は言えない。いまや和田さんは捜査一課のエースとして、誰からも一目置かれている。

「なになに。ドーナツ？」

「たまに無性に食べたくなるよね」

「おれフレンチクルーラー！」

「ずるい。私が狙ってたのに」

手の空いた同僚たちがぞろぞろと四番台に集まってくる。ドーナツの箱が大きいのは、通信指令課の全員に行き渡るようにという配慮だろう。こういうところ、本当に気が利くなと感心する。

と、目の前に輪っかが現れた。

オールドファッションをチョコレートでコーティングしたチョコファッションドーナツを、和田さんが僕に差し出している。

「早乙女くんも一つ、どうだい」

「いいんですか、僕なんかが」

僕はいぶき先輩に引き継いだだけで、事件解決にはなんの貢献もしていない。にもかかわらず、「なに言ってるの。早乙女くんのおかげじゃないか」と言ってくれるのはたんに和田さんがやさしいからではなく、僕の〈引き〉の強さを信じているからだ。

どうも僕はトラブルを引き寄せてしまう体質らしい。十二の指令台で分担しているのに、奇妙な通報や重大事件はなぜか僕の五番台に集中する。そのたびにいぶき先輩が『三者』ボタンで介入し、たちどころに事件を解決してしまうのだった。

謎解きが得意な——というより、ほとんど偏愛しているいぶき先輩と、謎を引き寄せてしまう体質の僕の席が隣り合っているのは偶然ではない。いぶき先輩たっての希望により席替えが行われた結果だった。

引き寄せ体質なんてオカルトだと片付けられたらいいのだけど。

和田さんなんか、僕の非番日や週休日にはこの部屋に姿を見せないらしい。つねに通信指令室に入り浸っているイメージだったのに。つまりはそういうことだ。

僕は和田さんからチョコファッションドーナツを受け取り、一口かじった。

その瞬間、僕の台の警告灯が緑色に光る。

慌てて口の中のドーナツを呑み込み、『受信』ボタンを押下した。

「はい。Z県警一一〇番です。事件ですか。事故ですか」

ヘッドセット越しに、きゃーっ、と女性の悲鳴が聞こえる。

僕は椅子に座り直し、目の前に並んだ三台のディスプレイのうち、右側のカーロケータ兼地図システム端末画面に目を向けた。GPS対応のスマートフォンからの発信の場合、即座に発信地が特定され、ディスプレイに表示される。発信地は人口規模県内第三の市であるD市。古くからの戸建てが建ち並ぶ住宅街だ。

「どうしました。大丈夫ですか」

和田さんといぶき先輩、謎の気配に敏感な二人の視線を感じる。

『大丈夫じゃない！　早く来て！』

「至急向かわせますので、状況を教えてください」

僕はタブレット式の事案端末にタッチペンをかまえた。通報者から聞き取って事案端末に手書き入力した情報は、室内のどの指令台からも閲覧できる。ここに書き取った情報をもとに、後方の無線指令台、総合指令台から所轄署に臨場指令が飛ぶのだ。

『早く！　お願い！　いやーっ！』

切迫した声音に、心臓が早鐘を打ち始める。

いったいなにが起こっている？　誰かに襲われているのか？

僕はいったん呼びかけをやめ、聞こえてくる音声に耳を澄ませた。『ああ』『いやだ』『助けて』『なんてこと』。苦悶(くもん)混じりの声が聞こえてくるが、通報者以外の第三者がいる気配はない。

僕は意を決してふたたび話しかけた。

「もしもし。大丈夫ですか」

『早く来てって行ってるじゃない』

「なにが起こっているか教えていただかないと」

パトカー一台では手に負えない場合だってありえる。

『トイレ！』

『トイレの水があふれて大変なことになってるの！　早く来て助けてよ！』

「は？」

椅子からずり落ちそうになった。

興味深そうに聞き耳を立てていた二人はとっくに真相に気づいていたのか、和田さんはほかの指令課員と談笑していて、いぶき先輩は愛読するクロスワードパズルの雑誌を開いていた。

2

まぶたを開くと、景色が濁っていた。

武田悠真は左手の甲で目もとを擦ろうとしたが、どういうわけか、思うように手が動かない。しかたがないので、目を閉じたり開いたりを何度か繰り返した。それでも視界は晴れず、くすんだままだった。

自分はどこにいるのだろう。朦朧とする意識の中で記憶を辿ってみる。同じマンションに住むケンちゃんとタクト、ヒマリと遊んだところまでは覚えている。ケンちゃんは一つ年上でタクトは同級生、ヒマリはケンちゃんの妹で、まだ幼稚園児だ。ヒマリは来年から始まる小学校生活に興味津々で、学校の様子についてあれやこれやと悠真に訊いてくる。そんなのは実の兄に訊ねればいいと思うのだが、兄は説明が下手で参考にならないのだという。たしかにケンちゃんは面倒見が良い半面、言葉足らずなところもある。

それはともかく四人で集まって、それからどうしたっけ。

思い出せない。なにがどうなって、こういう状況に陥っているのか。どうして身体が動かないのか。自分がどういう体勢なのかすらわからない。横になっているのだと思うが、ふわふわと宙に浮くような感覚もあった。

宙に浮く……？

自分は宙に浮いているのだろうか？

そんなことはありえない。

いや、ありえる。

宇宙なら。

宇宙では無重力状態になって、身体が宙に浮くと聞いたことがある。いまは離れて暮らす父が教えてくれた。たくさん勉強して偉い人になれと、天体望遠鏡も買ってくれた。これで一緒にたくさん星を見よう。そう言ってくれたのに、父は出ていった。悠真のことが嫌いになったわけじゃないと母は言うが、それならなぜ出ていったのか理解できない。

ともかく宇宙でなら、身体が宙に浮く。

ここは宇宙なのか？

そのときふいに、一週間前のことを思い出した。

いつものように四人で集まり、マンションの近所の公園で遊んでいたときのことだ。滑り台の階段をのぼりながらタクトが空を指差し、「あれってなんだろう」と言った。青空を白い点が横切っていた。悠真は飛行機かなにかじゃないかと言ったが、ヒマリはUFOだと主張した。テレビのバラエティ番組でやっていたUFO特集で見たのと、同じだというのだ。

そんな馬鹿なと、悠真は鼻で笑った。ただの白い点にしかみえないのに、テレビでやってたのと同じもなにもない。だが影響を受けやすいタクトは、すげーすげーと鼻息を荒くした。そうなると気になるのは、年長者であるケンちゃんの見解だ。

ケンちゃんは空を横切る物体がUFOかどうかについて、言及しなかった。その代わり、こんな話を披露したのだった。

――UFOがなにしに来てるか、知ってるか。人間を観察してるらしいぞ。おれらが虫を捕まえて、虫カゴに入れて観察するみたいな感じで。

タクトは目を丸くして驚いた。本当に？　じゃあ、宇宙人にとって、地球は大きな虫カゴみたいなもの？

――違う。おれらにとっての山みたいなもの。お墓山（はかやま）、あるじゃないか。あそこに虫採りに行ったこと、あるよな。

お墓山というのは、マンションにほど近い墓地の裏手にある小さな山だ。正式名称ではなく、マンションに暮らす子どもたちの間でそう呼ばれている。鬱蒼（うっそう）とした雑木林になっており、夜には真っ暗になるので、一人で足を踏み入れたくない場所だった。

――じゃあ、宇宙人は人間採りに来てるってこと？

そういうタクトは、もはや顔面蒼白（そうはく）だった。

ケンちゃんはみんなの顔を見回して頷（うなず）いた。

――気づいていないだけで、知らない間にさらわれて、マイクロチップを埋め込まれているやつもたくさんいるらしい。

そのとき、ヒマリが火が付いたように泣き出した。兄の話を聞いて怖くなったらしい。大丈夫大丈夫、ヒマリのことはお兄ちゃんが守ってやるから、と、ケンちゃんは笑いながら妹のつやつやの髪の毛を撫（な）でていた。

ヒマリにはケンちゃんがいる。

けど僕は……。

悠真は愕然（がくぜん）となった。きょうだいはいない。父は家を出ていった。看護師の母は勤務形態が不規則で、家にいないことも多い。

誰も守ってくれない。それどころか、さらわれたことに気づく人すらいない。

「助けて」

大声で誰かに助けを求めようとしたが、断続的なモーター音にすらかき消されるほどの、か細い声が漏れただけだった。そもそもここがＵＦＯの中だとすれば、声をあげたところで誰にも届かない。少なくとも地球人には。

心細さで胸が詰まる。ふいに視界が曇り、頬を熱い感触が伝った。これからどうなるのだろう。マイクロチップを埋め込まれるのだろうか。ケンちゃんの話だと気づかないうちにさらわれているらしいから、いま経験している不安や恐怖の記憶も、綺麗さっぱり消し去ってくれるのだろうか。ケンちゃんの話通りにことが進めばいい。けれどそうならなかったら。人間が捕まえた虫を虫カゴに閉じ込めるように、そして囚われた虫はそこで生涯を終えるように、宇宙人も捕まえた人間をどこかに閉じ込めるのだとしたら。

逃げなければ。ここから脱出しなければ。

だが身体の自由が利かない。声すら出せないし、だいいちむやみに大声を出したら、宇宙人に気づかれてしまう。

どうしよう。どうしよう。

そのとき、ベルトポーチで腰に括りつけられたスマートフォンの存在を思い出した。

仕事で留守がちの母が、一人で過ごす時間の多い息子のために買い与えた、子供用のスマートフォンだ。

もしかしたら宇宙人に奪われているかも、と思ったが、腰のあたりの固い感触に手が触れた。マジックテープの蓋を開いてスマートフォンを取り出す。

顔の前に持ってくると、暗い視界に液晶画面がぼんやりと四角く浮かび上がっている。

母に電話をかけようかと思ったが、やめた。今日は準夜勤の日なので、いまは仕事中だろう。電話には出られない。準夜勤の日には、悠真が学校から帰宅するのとほぼ入れ替わりで家を出ていく。出勤する母を見送った後で遊びに出かけ、帰宅してから冷蔵庫に作り置きされている夕食を電子レンジで温めて食べる。

母は仕事中、父の連絡先はわからない。

だとすれば警察だ。

交通安全教室で悠真の通う小学校にやってきた警察官に、悪者を捕まえるのは怖くないですかと訊ねたことがある。そのとき、学校の誰よりも肩幅の広い、四角い顔をした男の警察官は言ったのだ。

——怖いよ。怖いけど、悪いやつをやっつけてみんなを守るのが、お兄さんの仕事だから。

その言葉に同級生が「お兄さんというよりおじさんでしょう」と茶々を入れて笑いが起こったのだが、悠真は内心で感動を覚えていた。やっぱり怖いんだ。怖いのに、頑張ってみんなを守ろうとしてくれているんだ。

警察なら助けてくれるかも。

宇宙人をやっつけてくれるんじゃないか。

3

『いいじゃないの。減るもんじゃあるまいし』

少なくともあなたの通報への対応で、僕のライフゲージはすり減っていますけどね。

僕は内心でそんなことを考えながら、相手に聞こえないように薄いため息をついた。

ディスプレイの向こうから、和田さんが愉快そうに覗き込んでくる。声を発せずに「またナンパされてるの？」と口が動いた。

僕は肯定の意と、こんなのちっとも嬉しくありませんという不本意さを、鼻に皺を寄せる表情で表した。

左からのこめかみに突き刺さるような視線には、気づかないふりをして。

「よくありません。私の個人情報をお教えすることはできません」

『どうして？』

「どうしてもです」

『じゃあ、お兄さんの声を聞くためにまた電話しちゃおっかな』

「駄目です。みだりに一一〇番にイタズラ電話をすると、罪に問われる可能性があります」

『えーっ。どうやったらお兄さんの電話番号教えてもらえるわけ？』

「だから――」

本当に勘弁して欲しい。

僕が電話で話している女性は、突然パソコンが動かなくなったと電話してきた。もちろん緊急性はないし、そもそも警察に相談するような内容ではない。だが公衆の奉仕者たる僕は、頭ごなしに市民を叱（しか）ったりしない。アダプターがコンセントにきちんと接続されているかを確認しつつ、そういった相談は一一〇番通報するには不適当であること、緊急性のないものは#九一一〇の警察相談専用電話で受け付けていること、緊急性のない通報が回線を埋めるせいで、もしかしたら急を要する通報にたいし即座に対応できなくなる恐れがあることを、丁寧に説明した。

パソコンはアダプターがパソコン本体から抜けているだけだった。お役に立ててよかった。しかし今後、家電の故障については警察でなく電器店に相談して欲しい。そう念押しをし、電話を切ろうとした。

そこで通報者が唐突に、お礼をしたいから名前と電話番号を教えて欲しいと言い出したのだった。

本来の用件の倍以上の時間をかけて連絡先の交換を断り、通話を終えたときには、ぐったりと疲労困憊していた。

「相変わらずモテモテだねえ」と和田さんがからかってくる。

「疲れました。イタズラ電話よりよほど迷惑です」

僕は苦笑しながら左に視線を滑らせた。

顔を真っ赤にし、ふぐのように頬を膨らませたいぶき先輩から、ぷいと顔を背けられた。いつものことだけど理不尽だ。緊急性のない迷惑通報とはいえ、こちらから一方的に電話を切ることなんかできない。どうしろって言うんだ。

「女性にモテて迷惑だなんて、おれも一度言ってみたいもんだ」

腕組みをした和田さんが、口笛を吹く真似をしてひやかしてくる。いやいや、どう考えてもあなたのほうがモテてるでしょう。僕なんか女性と交際した経験すらないんだから。

「モテてるわけじゃないです」

「モテてるさ。通報者にナンパされる指令課員なんて、県警始まって以来、後にも先にも早乙女くんだけらしいよ」

僕はよく女性の通報者から連絡先を訊（き）かれたり、食事に誘われたりする。彼女たちは僕の声に惹（ひ）かれるらしい。たしかに昔から声がよく通るとか、アナウンサーや声優さんみたいな滑舌だと褒められる機会が多かった。それでもリアルでモテた経験など一度もなかったのに、通信指令課に異動になってからは、日に一度は顔も知らない通報者に連絡先を訊かれたり、ときにはいきなり告白されることもある。

「でも嬉しくなんかないです」

「どうして」

和田さんはさも不思議そうに首をかしげる。

「だって、相手は僕の声しか知らないんです」

そう。通報者は僕の声しか知らない。僕の容姿や性格や経済力や好きな音楽や苦手な食べ物や性的指向やどうしても許せない相手の癖など、僕についてなに一つ知らない。どうしてそんな相手を好きになれるのか。好きって、もっとこう……時間をかけて育んでいく感情じゃないのか。

「最初は誰だってそうじゃない。普通は声じゃなくて顔だけど、とにかく相手の一面が気になって、興味を持って、相手のことをよく知ろうとする。その過程で、もっと好きになるかもしれないし、逆に嫌な一面を見て興味が薄れるかもしれない。相手に興味を持つとっかかりとして、早乙女くんの声が好き、だからもっと話してみたい、実際に会ってみたいと思うのは、ごく自然な欲求だと思うけど」

ぐうの音も出ない正論。正論を真っ直ぐに主張できる和田さんは、やっぱりかっこいい。男の僕でもそう思うのだから、女性から見てもさぞ魅力的だろう。

つまるところ、僕は自分に自信がないのだ。声をきっかけに興味を持ってくれた人が、本当の僕を知って失望するのを恐れている。第一印象以上に好感を強められるなにかが自分にあるとは、到底思えない。

「早乙女くんは、もっと自分に自信持ったほうがいいと思うけどな」

「自信を持てるような人間じゃないですし」

「そんなことないよ。早乙女くんはじゅうぶんに魅力的だよね、いぶきちゃん」

唐突に話を振られたいぶき先輩が、弾かれたように顔を上げる。

「え？」と目を瞬かせる彼女に、和田さんはにっこりと微笑みかけた。

「早乙女くんは自己評価が低すぎるって話。自分に自信を持てるような人間じゃないって、彼は言うんだ。そんなことないよね」

「え、ええ。そうですね。いいところもいっぱいあります」

「たとえば？」

具体例を求められ、いぶき先輩が難しい顔になる。

「たとえば、ですか」

「そう。自分に自信を持ってもらうためにも、女性から見た早乙女くんの良いところを教えてあげてくれないかな」

いぶき先輩の顔はなぜか真っ赤になっていた。ちらりと横目で僕をうかがい、えっと、えっと、と言葉を探す。

そんなに考えなきゃいけないなら、無理して挙げなくてもいいですよ。

そう思ったけど、いぶき先輩が僕にたいしてどういう評価を下すのか、少し興味がある。

訂正。すごく興味がある。

僕は言葉を呑み込み、彼女が口を開くのを待った。

「えっと……早乙女くんは引きが強くて、おもしろい通報を受けてくれます」

全身が脱力した。そうだよな、いぶき先輩にとって僕は、興味深い謎を引き寄せるための撒き餌に過ぎないんだよな。

そのとき、僕の指令台の警告灯が緑色に点滅した。

僕は椅子のキャスターを転がして三台のディスプレイに向かい、『受信』ボタンを押す。

「はい。Z県警一一〇番です。事件ですか。事故ですか」

応答はない。なにやら機械の作動音のようなモーターの音が、沈黙を埋めている。

イタズラ電話？　それとも、間違えて発信したか。

地図システム端末画面で発信地を確認して、僕は眉をひそめた。

発信地が表示されていない。どういうことだ。ＧＰＳ機能のついていない携帯電話？　いまどきかなり珍しいけど。

「もしもし。もしもし。どうかしましたか」

何度か呼びかけていると、か細い呻き声が聞こえた。声が高いので女性かと思ったが、違う。子どもだ。子どもの身になにかが起こっている。

「どうしたの？　大丈夫？」

十秒ほど呼びかけを続けて、ようやく言葉らしい言葉が聞こえてきた。

『助けて……』

全身の皮膚が粟立った。いくつぐらいだろう。男の子だ。男の子が助けを求めている。

「どうしたの？」

『さら……われ、た』

途切れ途切れの言葉を頭の中でつなげ、僕は息を呑んだ。

さらわれた。何者かに誘拐されたということだろうか。

こちらを見るいぶき先輩の目が、真剣な光を帯びている。いつものように、ヘッドセットで僕の通話をモニタリングしているのだろう。

「話していて大丈夫？　きみをさらったやつが近くにいたりしない？」

『う……うちゅ、う、じん』

今度は言葉の切れ端を上手くつなげることができない。男の子はなんと言ったんだ。本当に誘拐されているのなら、男の子は犯人の目を盗んで電話している。あまり長くしゃべらせるのは危険だが、状況が理解できないのでは動きようもない。

「ごめん。よく聞き取れなかった。もう一度言ってくれないかな」

しばらくモーター音が続き、声が聞こえてきた。

『うちゅうじん』

今度は鮮明に聞き取れた。だが意味がわからない。何度か反芻して、ようやく答えを導き出した。

「宇宙人？」

たしかにそう聞こえた。宇宙人。

宇宙人……？

思わず声を上げそうになるのをぐっと堪え、確認する。

「宇宙人がどうしたの」

監禁された部屋にそういうぬいぐるみが置いてあるとか、おとなしく過ごさせるために宇宙人が登場するゲームを与えられたとか、あるいは監禁部屋の窓から見える看板に宇宙人が描かれているとか。パチンコ店の看板などに、そういうのもありそうだ。

けれど、どれも違った。

『宇宙人に、さらわれた……いまUFOの中にいる』

あまりに予想外の展開に、すぐに反応することができなかった。

4

「UFOの中にいるの?」

驚きのあまり、訊き返す声が裏返った。

『うん。助け、て』

真っ先に疑ったのは、イタズラ電話の可能性だ。宇宙人にさらわれてUFOの中にいるから助けに来て。いかにも警察を困らせようとする子どもの考える設定だ。でも男の子のか細い声は苦しげで、とても演技とは思えない。

そしてなにより、GPSだ。

地図システム端末画面には、発信地点を示す赤い丸が表示されていない。

本当に、ＵＦＯに……？

そう思った瞬間、左からいぶき先輩の腕がのびてきた。白く細い人差し指が、僕の指令台の『三者』ボタンを押下する。

どうやら今回の通報は、魅力的な謎を求める先輩のお眼鏡にかなったらしい。

「お電話かわりました。Ｚ県警通信指令課の君野です」

しばしの沈黙から、突然会話に割り込んできた幼い声への戸惑いが伝わってくる。

『ヒマリ……？』

「ヒマリというのはお友達の名前？」

先輩の質問で、男の子は人違いに気づいたらしい。

『うん。同じマンションの……ケンちゃんの妹』

「私はヒマリちゃんじゃなくて、いぶき」

『いぶき』

「そう。いぶき。警察官なの」

『そうなんだ。じゃあ……ヒマリよりずっとお姉ちゃんだ』

「きみの名前は？」

『ユウマ。タケダユウマ』

「ユウマくんね。わかった。何年生？」

『一年生』

「ってことは、六歳か七歳」と呟いたのは、和田さんだった。和田さんはディスプレイの向こうからこちらに身を乗り出すようにしながら、僕の事案端末を見つめている。そこには僕がタッチペンでメモした情報が書かれていた。

いぶき先輩はヘッドセットの耳当て部分を手で押さえ、ユウマくんに語りかける。

「ユウマくん。いまUFOの中にいるの？」

返事がない。しばらく待ってから、いぶき先輩はもう一度呼びかけた。

「ユウマくん？」

『ああ』と寝ぼけたような声が返ってくる。発声もはっきりせずに言葉が聞き取りづらいし、大丈夫だろうか。

「いまUFOの中にいるの？」

『うん。助けて』

「助ける」と先輩は即答した。

「そのためにいろいろ教えて。UFOの中の様子は？」

『暗いんだけど……青とか、赤とかのライトが光ってる。僕はふわふわ浮かんでいるけど、思うように動けない』

ふわふわ浮かんでいる？

無重力状態ということか。

本当に宇宙に？

顔を上げた僕に、和田さんがさすがにそれはないだろうという感じで肩をすくめる。

そうだよな。ＵＦＯにさらわれたなんて、あるわけがない。

「ＵＦＯにさらわれたときのことは覚えてる？」

いぶき先輩は奇妙な証言に疑いを挟むことなく、淡々と聴取を続ける。

『覚えていない』

「気づいたらＵＦＯの中にいた？」

おそらく頷(うなず)いたのであろうかすかな衣擦(きぬず)れに続いて、ユウマくんの声が聞こえた。

『ケンちゃんと、タクトと、ヒマリと一緒に遊んでたんだ』

「そして気づいたら、ＵＦＯの中だった」

『うん』耳を澄ましてようやく聞き取れる程度の音量だった。

いぶき先輩が顎(あご)に手をあて、一点を見つめる。

やがて口を開いた。

「お友達と一緒にかくれんぼしてた？」

しばらく記憶を辿(たど)るような沈黙があった。

『……してた』

僕は思わず息を呑んだ。和田さんも感心した様子で唇の片端を持ち上げている。

「ユウマくん。すぐに助けに向かうから、ユウマくんの住所を教えてくれる？」

反応はない。無機質なモーター音だけが響き続けている。

「ユウマくん？」

もう一度いぶき先輩に呼びかけられ、声が戻ってきた。

『はい』

ろれつが怪しい。懸命に意識を保っているといった雰囲気だ。

「住所を教えて」

いぶき先輩も危険だと感じているのか、質問する口調がいつもより強い。

『E市……』

E市は県庁所在地であるうちの市と隣接する市だ。

だがその先が続かない。

『E市……E市……』ユウマくんは何度も同じ言葉を繰り返している。

「ユウマくん。しっかりして。がんばって。E市のどこなの」

『E市、い……』

それを最後に、ユウマくんの声は聞こえなくなってしまった。

「ユウマくん！　ユウマくん！」

いぶき先輩の呼びかけも虚しく、通話が切れた。

「これって、もしかしてちょっとヤバい状況？」

和田さんが引きつった顔で首をかしげる。

「いや。でも、UFOにさらわれたなんてありえないし、イタズラ電話っていう可能性も——」

僕はできる限りの楽観的な解釈を披露したのだが、「違う」といぶき先輩に否定された。

「これはイタズラなんかじゃない。早く助けに行ってあげないと、ユウマくんの命が危ない」

「ってことは、本当にUFOに？」

僕の言葉を、和田さんが即座に否定する。

「いくらなんでもそりゃないよ」

「でも背景に飛行機みたいなモーター音が聞こえていたし、無重力状態だと言ってたし、なによりGPSの信号が拾えない」

「無重力だとは言っていません。ユウマくんは、ふわふわ浮かんでいると言っていました」

いぶき先輩に訂正された。たしかにその通りだけど、「ふわふわ浮かんでいる」のは無重力ってことじゃないのか？

「いぶきちゃん、どうする。かけ直してみるか」

和田さんが言う。発信地を特定することはできなかったが、着信履歴は残っている。こちらからかけ直すことはできる。

けれどいぶき先輩は顔を横に振った。

「たぶんつながりません。おそらくスマホの電池が切れているし、ユウマくんは意識を失っています」

彼女は唇を軽く曲げ、しばらく考えているようだった。情けないけど、なにがどうなっているのかまったく見当がつかない。僕にできることと言えば、先輩の推理を邪魔しないよう、押し黙っているぐらいだ。

やがてなにかを思いついたのか、彼女は顔を上げた。

「ユウマくんの居所を突き止めるために、協力してもらえますか」

断る選択肢など、もちろんなかった。

5

「いぶき先輩、ここはどうでしょう」

僕は地図システム端末画面を指差した。

自分の指令台を離れて椅子ごとこちらに近づいてきたいぶき先輩が、画面を覗(のぞ)き込んでくる。ふわりと花のような香りが漂ってきてドキッとしたが、いまはそんなことを気にしている場合ではない。

地図システム端末画面には普段の住宅地図ではなく、航空写真が表示されている。いまディスプレイの中心に表示されているのは、茶色い外壁のマンションだった。マウスのホイールを回転させ、拡大表示する。

「どうですか」

いぶき先輩は眉間(みけん)に皺(しわ)を寄せ、ディスプレイを凝視した。

もう少し上。もう少し左。指示されるままにマウスを操作する僕は、先輩がこのマンションのどこを見ているのか想像もつかない。航空写真はリアルタイムの映像とは違うから、まさかこの画面にユウマくんが写っていることもないだろうが。

いぶき先輩はかぶりを振った。

「違います」

外れだったらしい。

「じゃあ条件に合う別の物件を探します」

「お願いします」

するると、僕の右側の六番台で細谷さんが手を上げる。

「君野さん。これなんかどうかしら」

いぶき先輩が席を立ち、僕の指令台の前を横切って六番台に向かう。僕のときと同じようなやりとりの後、「違います」と残念そうに言った。

いぶき先輩の指示で僕らが探しているのは、E市内の「い」で始まる町にある五階建て以上の比較的古い集合住宅だ。ユウマくんの住まいはおそらく、そういった条件をそなえた建物なのだという。いま必要なのはユウマくんの住まいではなく、ユウマくん自身の居所の特定では？　そう思ったが、事態は一刻を争う。詳しい事情は後で聞くことにして、ひとまず指示に従うしかない。

僕といぶき先輩、細谷さんの三人が地図システム端末画面で条件に合致する建物を探し、和田さんもスマートフォンに地図を開いて協力してくれている。それぞれが条件に合致する建物を見つけると、いぶき先輩に声をかけ、それがユウマくんの住まいかどうかを判断してもらった。

ユウマくんとの通話が切れてから、もうすぐ五分。なぜいぶき先輩がこれほど焦っているのか、いまいちピンと来ないまま、しかし彼女の焦燥が伝染したかのようにひりつく空気を肌で感じながら作業を続けた。

「いぶき先輩」

僕が手を上げ、いぶき先輩が近づいてくる。もう何度も繰り返されたやりとりなので、これまでと違った展開になるとは期待していなかった。

しかし、しばらく僕の指令台の地図システム端末画面を凝視したいぶき先輩が、大きく頷いた。

「おそらくここです」

和田さんと細谷さんがこちらを振り向く。

「ここがユウマくんの自宅なんですか」

僕は訊いた。

「そうです。そしていま、ここにユウマくんが閉じ込められています」

互いに顔を見合わせる僕たちをよそに、いぶき先輩が自分の指令台に戻る。

タッチペンを手に取り、事案端末になにやらメモをし始めた。僕は自分の事案端末に先輩の端末画面を共有した。

タブレット上の白い画面に、いぶき先輩のやや丸みを帯びた文字が現れる。

「えっ。そうなの？」

ディスプレイ越しに僕の手もとを覗き込んできた和田さんが、驚きの声を上げる。

いぶき先輩からの指示を受けた後方の無線指令台が所轄の警察署に臨場指令を出し、同時に消防署に救急出動の要請をする。

事案端末への記入を終えたいぶき先輩に、僕は訊いた。

「マンションのポンプ室？」

こちらを向いたいぶき先輩は、表情にかすかな達成感を滲ませていた。

「そうです」

「かくれんぼをしていて、ポンプ室に入り込んだのね」

細谷さんが感心した様子で口をすぼめる。

「ユウマくんの遊び相手はどうやら同じマンションの子どもたちのようなので、自宅からそう遠くない場所で遊んでいたと推測されます。そしてGPSを受信できずに発信地が特定できない状況から、窓などの開口部がほとんどないコンクリートの建物内にいるのだろうと考えました」

「ポンプ室なら、たしかにその条件をそなえている。赤や青のランプってのは、機械の作動ランプか」

和田さんが虚空を見上げ、うんうんと頷く。

えっと、と僕は小さく手を上げて質問する。

「すみません。そもそもポンプ室ってなんですか」

「早乙女くん、知らないの」

細谷さんが目玉がこぼれ落ちんばかりに目を剝いた。そんなに驚かれることなのだろうか。

　いぶき先輩が言った。

「早乙女くんぐらい若いと、知らないのも無理はありません。最近のマンションには、ポンプ室がないもののほうが多いですから」

「たしかに最近は屋上の受水槽ってあまり見ないな」

　和田さんの言葉に、細谷さんが賛同する。

「そういえばそうね。タワーマンションの屋上に受水槽って、聞いたことないものね」

「ええ。配水管からの水を受水槽に貯め、そこからポンプで加圧して各住戸に水を送る高置水槽方式だと、水質の悪化などの問題もあるんです。そこで最近の主流は、配水管の圧力を利用して水を直接各住戸に送る直接給水方式に移っています」

　そこでいぶき先輩は、僕のほうを見た。

「ここまで聞けばだいたい理解できたと思いますが、ポンプ室というのは、高置水槽方式の集合住宅で水を各住戸に送るためのポンプが設置された部屋です」

　理解した。僕は頷く。

「背景に聞こえていたモーター音も、ポンプの作動音だったんですね」

「そうです。かくれんぼでポンプ室に入り込み、お友達が見つけてくれなかったのでそのまま眠ってしまったのでしょう。お友達はユウマくんがすでに自宅に帰ってしまったと考えたのかもしれません。その後目覚めたユウマくんは、自分がどこにいるのかわからなくなった」

細谷さんがふいに疑問を口にする。

「でもいくらなんでも、ポンプ室をUFOだと思い込むなんて」

「普通ならユウマくんもそんな勘違いはしません。でもいまの彼からは、正常な判断能力が失われています」

「酸欠……ですね」

僕の指摘に、いぶき先輩が軽く顎を引いた。

「その通りです。開口部のほとんどないポンプ室で眠りに落ちたことにより、ユウマくんは酸欠状態に陥っているのではないかと考えました」

ユウマくんはいぶき先輩を友達のヒマリちゃんと間違えた。いぶき先輩の声が幼いというのもあるが、酸欠のため意識が混濁していたのだろう。

「ふわふわと身体が浮いているという発言。ろれつの怪しい話し方。酸欠によって朦朧となっていた……ってことか」

和田さんが神妙な顔になる。

酸欠ならば、たしかに生命にかかわる。所轄署員と消防が一刻も早く救助してくれるのを願うのみだ。

「五階建て以上の比較的古い集合住宅っていう条件は、ポンプ室のある物件を探すためだったのね」

細谷さんの言葉に、いぶき先輩が頷く。

「ある程度大きな建物でないと、ポンプ室はありません。そして先ほども申し上げたように、最近は大きな建物でも高置水槽方式でなく、直接給水方式が主流です。私は皆さんが検索してくださった集合住宅の敷地に、独立したポンプ室があるかどうかを確認していました。古い建物でも、ポンプ室が建物内に組み込まれている場合もあります。その場合は独立型よりも通気性が高く、酸欠を起こす可能性も低いのです。独立型は場所を取るぶん、それなりに広い敷地が求められます。直接給水方式が主流になったいまでは、独立型のポンプ室を持つ集合住宅はそう多くありません。おそらく、このマンションで間違いないと思うのですが……」

僕の指令台の地図システム端末画面に拡大表示された航空写真を見つめるいぶき先輩の目に、かすかな不安が宿る。

そうだ。いぶき先輩が言うから間違いないと決めつけたが、ユウマくんが確実にそこにいるとは限らない。

頼む。無事に見つかってくれ……。

するとほどなく、所轄署のパトカーが指示されたマンションに到着したという報告があった。無線越しに救急車のサイレンも聞こえる。

僕らは——いや、いまや通信指令室で手の空いている者たちすべてが、少年発見の報告を固唾を呑んで待っていた。

やけに長く待たされた気がするが、実際には数分しか経過していなかったと思う。

『いました！　ポンプ室の中で少年を発見！　ぐったりしていましたが、救急隊の酸素投与によって意識が戻ったようです！』

「やった！」

無意識にガッツポーズしていた。

「よかったあ」と細谷さんが胸を撫で下ろし、「やったな」と和田さんが手の平を向けてくる。僕は突き上げていたふたつのこぶしを平手にして、和田さんと両手を合わせた。

「私も私も」と細谷さんが言うので、細谷さんともハイタッチする。

「私も」と、今度はいぶき先輩の声が聞こえ、くるりと振り向いた。

が、顔の横で両手を広げてハイタッチを待ついぶき先輩のあまりのかわいらしさに、自意識が瞬時に膨らむ。

え。だって、いいのかな。若い男女が手と手を……。

でも深い意味のないただの祝福の儀式だし。

急にテンションを下げた僕に、いぶき先輩が不審げに目を細める。

「どうしたんですか。私の手に触れるのは嫌なんですか」

「いやいや」けっしてそういうわけでは。むしろ逆です。僕みたいな穢れた人間があなたみたいな美しい存在に触れていいものか。僕が触れることによってあなたを汚してしまう結果になりはしないかと、そういった、おそらく傍から見たらどうでもよすぎる葛藤を抱いておりまして……。

などと頭の中でひたすら弁解を続けていると、「なにキョドってるんだよ。早くしなよ」と和田さんに背中を押された。

おっとっと、とバランスを崩した僕は、転倒を免れようといぶき先輩の両手を握ってしまう。ハイタッチどころか、指と指を絡める〈恋人つなぎ〉で両手を握り合う格好になった。おまけに互いの息がかかるほど、顔と顔が接近してしまう。

これはなんという僥倖。こんな良いことがあるなんて、僕は明日死ぬのだろうか。

今度は僕が酸欠になりそうだ。意識が遠のく。

そんなとき、和田さんのひやかす声がした。

「おいおい。ラブシーンはプライベートでやってくれよ」

僕は我に返り、後ろに飛び退きながら両手を離す。

「もうっ。変なことを言うのはやめてください」

真っ赤な顔で和田さんに抗議するいぶき先輩の横顔を見ながら、思った以上にやわらかくて、思った以上に体温が低かったなと、幸福な感触を反芻(はんすう)していた。

6

カーテンを開けると、診察台の上で上体を起こした悠真と目が合った。

「お母さん」

息子の笑顔は、武田亮子(りょうこ)が出勤前に見たのとまったく変わらない、天真爛漫(てんしんらんまん)で太陽のように明るいものだった。すぐに酸素投与して意識が戻ったので、深刻な事態には至らなかったと聞かされていたものの、やはり実際にこの目で見るまでは安心できなかった。

本当に、無事だった。

そう実感した瞬間、亮子の目から大粒の涙があふれ出した。

「どうしたの。お母さん」

悠真がきょとんと首をかしげる。

亮子は息子に歩み寄り、その頭を自分の胸に抱き寄せた。

「馬鹿。心配したじゃないの」

「ごめんなさい」

「いいの。もういい」

無事でいてくれれば、それで。

亮子が勤務する総合病院に息子が運び込まれたのは、二十分ほど前だった。マンションのポンプ室に入り込み、眠ってしまったらしい。管理人が出入りする際にダイヤル錠の暗証番号を盗み見て覚え、以来ときどき出入りしていたというから、子どもは侮れない。

酸欠に陥って救急外来にやってきた小学校一年生の男の子が、整形外科に勤務する看護師の息子だと、同僚たちは最初気づかなかった。息子を搬送してきた救急隊員から、お母さんがこの病院で働いていると男の子が言っていますと報告を受け、亮子の院内ＰＨＳに連絡があったのだった。

ひとしきり息子の感触に浸って、ようやく緊張がほぐれてきた。

「お母さんこそごめん。一緒にいてあげられなくて」

両親が揃った家庭なら、息子の帰りが遅いと気づくことができた。息子も一一〇番でなく、親に電話で助けを求めることができた。

これからは自分が父親役もこなす。なにに替えても息子を守り抜くし、立派に育て上げる。離婚するときにそう誓ったはずだが、意気込みだけではどうにもならないことがあると痛感させられた。やはり自分には難しいのだろうか。

悠真が大きくかぶりを振る。

「そんなことないよ。お母さん、お仕事頑張ってるし。お母さんがお仕事に集中するためにも、僕、これからもっとお利口さんにするね」

その言葉に息子の成長を感じて、ふたたび鼻の奥がツンとする。

だが泣いてばかりいられない。これからこの子と二人で頑張っていくのだから。亮子は喉(のど)に力をこめて涙を呑み込んだ。

「でもよかった。検査してもらって、安心したんだ」

息子が笑う。

なんの話だろう。精密検査をしたとは聞いていないが。

「なにを検査してもらったの」

「マイクロチップ」

「マイクロチップ？」

思いがけない単語が飛び出してポカンとなった。医師に頼み込んででも精密検査を受けさせたほうがいいのだろうか。

「実はね」息子が意味ありげに声を潜める。

小さく手招きをされ、亮子は腰を低くして耳を息子の口もとに寄せた。

「僕、UFOに乗ってきたんだ。宇宙人にさらわれたの」

「まあ」と驚いてみせたが、その話は聞いていた。酸欠のせいで意識が混濁し、幻覚症状があったらしい。一一〇番通報の途中で意識を失ったというから、かなり危険な状況だったのだろう。本当に、よくぞ無事でいてくれた。

亮子にとってこの世で一番の宝物が、真剣な顔で頷く。

「ケンちゃんが言ってたんだ。宇宙人が人間をさらって、マイクロチップを埋め込むんだって。マイクロチップを埋め込まれた人間は、さらわれたことすら覚えていないんだって」

「そうなんだ」

「うん。でも僕はさらわれたことを覚えてる。記憶を消されていないからたぶん大丈夫だとは思ってたんだけど、検査してもらって安心した」

そのとき顔見知りの看護師が通りかかり、息子によかったねという感じの笑みを向けた。そして亮子には、そういうことだから、という感じのウインクをして立ち去る。

マイクロチップが埋め込まれたのではないかという息子の不安を、上手く解消してくれたようだ。

「そっか。よかった」

そう言って息子の髪の毛をわしゃわしゃする。

嬉しそうに肩をすくめてから、息子は言った。

「お母さん。僕、大きくなったら警察官になりたい」

「警察官に？」

「うん。僕が助かったのは、一一〇番のお姉さんのおかげなんだ。ＵＦＯがどこにいるかを捜し当てて、助けてくれた。ここに来る途中で救急車の人に訊いたら、一一〇番のお姉さんも警察官なんだって。だから僕も警察官になりたい。警察官になって、一一〇番のお姉さんみたいに、困っている人を助けたい」

力強く宣言する息子が頼もしい。

「わかった。悠真が警察官になれるよう、お母さんも応援する」

寂しい思いをさせているかもしれないし、親として至らないところもあるかもしれない。けれど息子はしっかりと成長してくれている。

私も頑張って親として成長していこうと、亮子は決意を新たにした。

CASE2　撮り鉄に気をつけろ

1

気配を感じて指令台から顔を上げると、そこにはビニールに包まれた丸くて白いせんべいがあった。

「〈ソフトサラダ〉、食べる？」

目尻（めじり）に皺（しわ）を寄せたやわらかい笑み。ほんのりと漂う防虫剤の匂い。そして〈ソフトサラダ〉。いつもながら死んだ田舎の祖父を思い出して郷愁に包まれそうになるが、この人は通信指令課を統率する利根山万里（とねやまばんり）管理官。つまりこの部屋でもっともえらい存在。

もっとも、管理官らしい威厳を感じたことはまだない。

でもこの人の発する〈田舎のおじいちゃんオーラ〉のおかげで、職場の雰囲気が和気あいあいとしているのかもしれない。そういう意味では、理想の上司像に近いと言えるのかも。少なくとも、僕はこの人が好きだ。

「ありがとうございます」

僕は〈ソフトサラダ〉を受け取り、封を切って一口食べた。

その瞬間、強烈な違和感に手で口もとを覆う。

フォッ、フォッ、フォッ、フォッという管理官の笑い方は、おじいちゃんを通り越して漫画に登場する仙人のようだ。この人はいったいいくつなんだ。まだ定年前のはずだけど。

「いつもと違うでしょう」

「はい。でも美味しい。なんですか、これ」

「塩とごま油風味」

「〈ソフトサラダ〉にそんな味があるんですか」

「そうなの。スーパーで見つけてきたの。期間限定らしいよ」

部下の反応に満足そうにしながら、「今日もお仕事頑張ってね」と去って行く。

いぶき先輩も〈ソフトサラダ〉をもらったようだ。左を見ると、小さなせんべいの入ったビニール袋を両手で持って食べていた。

「先輩。大丈夫でしょうか」

僕は後方を振り返りながら言った。管理官は後列の指令台で同じことをしているらしい。たぶん僕と同じような反応が返ってきたのだろう。「塩とごま油風味、期間限定らしいよ」と、さっきとまったく同じ台詞を吐いている。

「心配には及びません。いつもと違うフレーバーではありますが、〈ソフトサラダ〉

には違いありません。これがスーパーで売っていないようなケーキとかだったら、注意が必要かもしれませんが」

ボリボリと咀嚼（そしゃく）しながらのいぶき先輩の言葉に、僕はほっと息をつく。どうやら塩とごま油風味はセーフらしい。

〈田舎のおじいちゃんオーラ〉を振りまきながら通信指令室内を闊歩（かっぽ）する管理官は、スーパーで購入してきたお菓子をいつも部下に配り歩いている。そのチョイスも〈田舎のおじいちゃん〉らしく、〈ソフトサラダ〉や〈雪の宿〉、〈ハッピーターン〉といった、いかにも田舎の実家に常備されていそうな渋いお菓子がほとんどだ。

それがときどき洋菓子店で購入してきたケーキになったり、和菓子店で購入してきたどら焼きになったりしたときには要注意だ。そういうときは物騒な事件が起きるというのが、通信指令室内でまことしやかに囁（ささや）かれるジンクスだった。ただの偶然かもしれないし、僕も最初はそう思っていたが、偶然も繰り返せば必然になる。いまでは僕もジンクスを信じるようになり、管理官がいつもと違うお菓子をくれたときには警戒するようになった。

「お疲れ」と和田さんが歩み寄ってきた。

「これ、美味いよね。これはこれでいい。毎日食べるなら、定番のしお味だけど」

和田さんも管理官からもらったらしいせんべいを手に持っている。

「今日は遅かったですね。寝坊ですか」

僕の言葉に、和田さんが白すぎる歯を見せつける。

「なに言ってるの。定刻に出勤はしてたよ。いちおうおれも捜査一課所属なんでね、たまには顔出してこなさなきゃならない仕事もあるんだ」

たまに顔出すだけで仕事が成立するなんて、考えてみればすごい話だ。

ふと見ると、いぶき先輩が怪訝そうな顔で虚空を見上げていた。

「どうしました。いぶき先輩」

「なんか、お線香の匂いがしませんか」

彼女は鼻をくんくんとさせる。

「本当ですか」

平静を装いつつも、僕はちょっと怖くなった。当然ながら、この通信指令室に火気はない。線香の匂いなんかするはずがないのだ。

死の直前に身体から線香の匂いが漂ってきた、なんていう怪談めいた話をどこかで聞いたことがある。そんな馬鹿な、と思いたいし、幽霊なんているわけがないと笑い飛ばしたいけれど、実のところ僕はそういう話が大の苦手だ。

「あああっ！」と、いきなり和田さんが大声を上げて、僕は「ひいっ！」という悲鳴とともに椅子から飛び上がった。

和田さんが自分のジャケットに鼻を押しあてている。

「それ、たぶんおれだ。昨日の休みに、鍼灸師にうちに来てもらったんだ」

「鍼灸……？」

いぶき先輩が小首をかしげる。

「そうそう。出張施術が初回半額っていうチラシがポストに入ってて、じゃあためしにやってみようかって思ってさ」

「出張ということは、自宅に招き入れたのですか」

「うん。女性には抵抗あるかもしれないけどね。男はそんなに気にしないよな、早乙女くん」

「え、ええ」とすっきり頷けなかったのは、よく知らない相手を警戒しているのではなく、自室が足の踏み場もないほど散らかっているからだ。和田さんはきっと自宅も清潔でお洒落なんだろう。

もっとも、僕は寮住まいだから部外者を入れることはできないのだけど。だからつい気が緩んで散らかしてしまう。

「鍼灸なんて初めてだったけど、けっこう良いもんだね。こころなしか身体が軽い。そういう話をしてたら、捜一の同僚にも最近施術を受けたってやつがいて、どうやら同じ鍼灸師らしいんだ。たぶん腕が良いんだね。早乙女くんもやってみたらいいよ。

よかったらその鍼灸師の連絡先、教えようか」

「いや。僕は寮住まいなので」

本当の理由は別にあるけど。

「そっか。そうだったね。じゃあダメだ。とにかく、施術してもらった部屋にジャケットをハンガーにかけて吊るしてたから、お灸の匂いが服に移っちゃったみたいだ。カバーぐらいかけておくべきだったな」

ともあれ匂いの原因がわかってホッとした。

と思ったら、今度は背後から細谷さんの「だからやめなさいってば!」という鋭い声がして、椅子ごと転びそうになる。

「イタズラ電話は偽計業務妨害罪に問われる可能性があるのよ! それに、あなたの軽い気持ちでのイタズラのせいで回線が塞がって、本当に助けを求めている人の通報への対応が遅れてしまう可能性もあるの! あなたが考えている以上に、他人に迷惑をかけてしまう行為なの!」

いつもおおらかな細谷さんが、ここまで怒りを顕にするのは珍しい。

僕は細谷さんの通話を傍受した。

深い穴の底から響いてくるような低い男の声が耳に飛び込んできて、ぞっとする。

『おれは〈万里眼〉を出せと要求しているだけだ』

ボイスチェンジャーを使用したような人工的な響きだった。

「だからなんなの？　その〈万里眼〉って」

『とぼけるな。あんたのお仲間のことさ。通報者から聞き取った情報だけで事件の真相を見抜くとかいう……』

それとも、と男が続ける。

『あんたが〈万里眼〉か？』

「いい加減にしなさい！」

『そっちこそいい加減に〈万里眼〉に取り次げ』

「そんなものはいません！」

『あんたらはみんな、組織ぐるみで嘘をつくんだな。それならこっちにも考えがある』

「もうすぐそこに警官が到着するわ」

ぷつり、と通話が切れた。

実際に臨場指令が出ていないのは、細谷さんの事案端末になにも書き込まれていないことでわかる。

「またですか」

そう訊(き)いたいぶき先輩をちらりと見て、細谷さんは頷く。感情が昂(たか)ぶったせいで体温が上がったのか、手で自分を扇いでいた。

「そう。まったく、なにが楽しいんだか」

「噂の〈出世出世男〉ですか」

和田さんが言い、細谷さんが顔をしかめる。

「なんなのかしらね。ここのところ一日一回はかけてくるの。しかも、ちゃんと私たちの班が公務に就いている日だけ……っていうのが気味が悪い」

Z県警本部通信指令課では、三つの班が交代で二十四時間の当直勤務を行なっている。だから僕らの班は三日に一度しか公務に就かない。僕らが非番や週休の日には、〈出世出世男〉からの入電はないらしい。

〈万里眼〉を電話に出せと要求する、通称〈出世出世男〉からの入電が始まったのは、三か月ほど前だった。最初はただのイタズラ電話として処理していたが、次第にそれが同一人物からだとわかり〈出世出世男〉なる渾名がつくに至った。

「いっそのこと、臨場指令を出してとっ捕まえたらどうですか」

和田さんが提案する。迷惑通報は偽計業務妨害罪にあたる、れっきとした犯罪だ。逮捕して自分の犯した罪の重さを認識させるのも、一つの手ではある。

「そうしたいのはやまやまだけど、公衆電話からだからねえ」

細谷さんが困り顔で肩を落とした。

「今回の発信地は？」

いぶき先輩が質問した。

「C市」

細谷さんが詳細な発信地を告げ、いぶき先輩がメモをとる。

「前回はどこでしたっけ」

僕の質問に答えたのは、いぶき先輩だった。

「市内の公衆電話です」

いぶき先輩がメモを読み上げた。〈万里眼〉ご指名とあって、責任を感じているのかもしれない。〈出せ出せ男〉からの入電があるたびに発信地点をメモしているようだ。

「〈出せ出せ男〉からの入電はこれまでに二十八回。いずれも公衆電話からですが、発信地点は綺麗にばらけており、一週間前の十六時二十三分には隣県からも入電しています」

そう。いぶき先輩の言う通り、〈出せ出せ男〉は公衆電話から電話をかけており、その発信地点も広域にばらけているのだった。それが身元の特定を困難にしている。

「毎回、違う公衆電話から発信してるのかい」

和田さんの質問に、いぶき先輩は頷いた。

「一度として同じ場所はありません。複数回同じ公衆電話を利用しているのなら、その近くに生活拠点があるのだろうと推定できますが」

「わざわざ遠くにまで出かけていって公衆電話から一一〇番するなんて、よほど慎重なのね」

細谷さんはあきれ口調だ。

「でもさすがに発信地点が広域にばらけすぎています。身元を特定されないために遠くまで出かけているのではなく、〈出せ出せ男〉にとって、移動が日常なのでは」

僕の意見に、いぶき先輩も同意してくれた。

「早乙女くんの言う通りだと思います。身元の特定を避けるための遠出ではなく、もともと遠出が日常の生活を送っていて、ついでに一一〇番に電話しているだけでしょう」

「それなら営業の仕事とかかな」

和田さんが腕組みで推理を披露する。

「それにしても〈出せ出せ男〉はどうして君野さんに取り次がせようとするのかしら」

細谷さんは困り顔で自分の頰に手をあてた。

「〈出せ出せ男〉は〈万里眼〉の正体を知らないみたいだから、いぶき先輩が目的かどうかまだわかりませんよ」

僕の指摘に「それもそうか」と細谷さんが両肩を持ち上げる。

今回の通話でも〈出せ出せ男〉は細谷さんに「あんたが〈万里眼〉か？」と確認していた。そして過去にはいぶき先輩自身が〈出せ出せ男〉からの入電に応対したこともある。そのときには〈出せ出せ男〉は電話の相手が〈万里眼〉だと気づかずに電話を切ったようだ。

「〈万里眼〉にたいしてなにか恨みでもあるのかね。っていうか、そもそも〈万里眼〉の噂なんて、どこで知った。もっともアンダーグラウンドのレベルじゃ、名前が広まりつつあるらしいが」

「そうなんですか」

僕は和田さんに訊き返した。

「ああ。この前、強盗未遂で逮捕した三好、あいつも〈万里眼〉のことを知ってた」

いぶき先輩が不本意そうに眉根を寄せる。だから〈万里眼〉なんていう二つ名は嫌だったんだという感じの表情だった。

細谷さんが言う。

「それなら〈出せ出せ男〉も前歴者じゃないの？　君野さんのせいで犯行計画が破綻したとか、未遂に終わってしまったとか、あるいは、逮捕起訴されて服役したとか。そういう人間なら〈万里眼〉を逆恨みしてもおかしくない」

和田さんが腕組みをして顔をしかめる。

「っていうか、目的がわからないよな。かりに〈万里眼〉に取り次いだとして、いったいなにをするつもりだ」

「普通に考えたら復讐じゃないの。〈万里眼〉のせいで前科がついたことはわかってるけど、肝心の正体がわからないいんじゃ――」

僕は「細谷さん」とたしなめた。〈万里眼〉本人を前にして少し無神経な発言だ。細谷さんもそれに気づいたらしく、自分の口に手をあてる。

「ごめんなさい。君野さん」

いぶき先輩はかぶりを振った。

「かまいません。私もその通りだと思いますし」

「でも復讐が目的なら、警察に電話して正体を探ろうとするのはちょっと変じゃないですか。警戒されてしまうし、かりに復讐を決行しても〈出せ出せ男〉の仕業だとすぐにわかってしまいます」

僕の意見に「おれもその点はひっかかった」と和田さんが同意する。

「復讐が目的にしては方法が大胆すぎる」

「それもそうね」細谷さんも同意見のようだ。

「とにかく、逆恨みなら災難だけど、〈出せ出せ男〉が〈万里眼〉の正体を知らないのは不幸中の幸いだ」

和田さんの言う通りだ。いぶき先輩がその呼び方を嫌っているせいもあり、〈万里眼〉の正体を知るのは県警内でもこの通信指令室のメンバーだけだ。

今後、〈出せ出せ男〉がしつこく食い下がってきても〈万里眼〉の正体はぜったいに口外しないようにしようと、僕たちは示し合わせた。

2

道路に覆いかぶさるような鬱蒼とした木々のトンネルが途切れ、青空が覗いた。拓けた土地に整然と植えられているのは、このあたりの名産である梨の木だ。梨畑の切れ間にぽつりぽつりと民家が建ち並び、遠くには山々の稜線が連なる。

梨畑沿いの県道を、一台の軽自動車が走っていた。ハンドルを握るのはえらの張った中年の男で、助手席には、頭の禿げ上がった壮年の男が座っている。運転席の男が愛想笑いしながらなにやら言葉を発しても、助手席の男は不機嫌そうに梨畑のほうを向いたまま、ときおりふんと鼻を鳴らすだけだった。

やがて軽自動車は、町のメインストリートに差しかかる。とはいえ過疎化の進むいっぽうの県境に近い山あいのこの町では、数軒の食事処が建ち並ぶだけだ。そのうちの一軒も、つい最近廃業したばかりだった。店主の高齢化で営業を続けることができなくなったのだという。

「寂しいですね」

運転席の男の声には、媚びるような響きがあった。田上英樹。最初に挨拶に来たときから、この男はずっとこうだ。

「なにが」

助手席の大滝勇は窓の外に目を向けたまま、ぼそりと応じる。景色を眺めているわけではなく、会話をしたくないだけなのに、田上には意図が伝わっていないらしい。

とはいえ、あまり冷淡にし過ぎてはいけないのも理解している。田上が送迎を拒否するようになったら、勇が週に一回通う病院までの移動手段は鉄道かバスしかない。鉄道は一時間に一本しかないし、バスはもう少し本数が多いものの、病院に行くまでに三回も乗り換えなければならない。

「そこの食堂の大将、お義父さんの同級生だったんですよね」

廃業した食堂を惜しんでいるらしい。

「学校が同じやったというだけで、仲良かったわけでもない」

「そうなんですか」

勇は話を終わらせたつもりだったが、田上は違う解釈をしたようだ。

「先代から五十年近く続いた店だって、大将から聞きました。一つのお店を五十年以上も続けるなんて、すごいですよね」

「たいして美味くもなかったけど、なんもないから続いたってだけだろう」

「僕はけっこう美味しいと思ったけど」

「そう思った店に、最後に行ったのはいつだ」

「それは」田上が口ごもる。「何年か前です」

「だろうな。いまは青年会の寄り合いだって、チェーン店の居酒屋でやっとるんだろうが」

「はあ……」

「観光客だってほとんど来ないようなこんな田舎で、地元の人間でさえチェーン店を利用するようになったら、そら潰れるやろう。自分たちで潰しておいて寂しいもなにもあるか」

それ以降、目的地に着くまで田上が口を開くことはなかった。

軽自動車は田上家の敷地に乗り入れる。二十五年前に勇の一人娘である満智子と結婚した田上は、勇の家から徒歩五分ほどの場所に一軒家を建てて暮らしている。土地は勇名義だったし、建築費用も半分以上、勇が支援した。

田上がエンジンを切ると、玄関から満智子が歩み出てきた。お父さん子だった甘えん坊の娘も、いまやすっかり母親の貫禄を身につけて、死んだ妻にそっくりになってきた。

「ただいま。いつものメーカーの洗剤が切れていたから、別のを買ってきたんだけど」

田上は車を降りて後部座席の扉を開き、大きく膨らんだ買い物袋を取り出した。近くにも日用品を扱う小さなスーパーがあるが、街の大型ショッピングモールのほうが安いし品揃えがいい。勇のかかりつけの病院からそれほど離れていない場所にあるため、田上は勇の診察待ちの間、買い物を済ませてくる。

「液体？」

妻の質問に、「液体」と夫が大きく頷く。

「ならいいわ。粉末だとどうしてもダマになっちゃうから」

「さすがのおれでも、同じ失敗は繰り返さないさ」

田上は得意げに笑い「じゃあお義父さん、失礼します」と会釈をして玄関に消えていく。

その後ろ姿を見送っていた勇は、娘のあきれたような、蔑むような、複雑な視線に気づいた。

「なんだ」

「言いたいことがあるならはっきり言え」

満智子は唇を曲げて躊躇(ちゅうちょ)した後、言った。

「お礼ぐらい言ったらどうなの」

病院への送迎をしてくれた義理の息子に感謝を示せということらしい。

「どうしてだ」

ほら、言うだけ無駄だったじゃないと、娘の顔に書いてあった。

「じゃあな」

背を向けて帰ろうとすると、「ちょっと待って」と呼び止められた。

「煮物あるから持っていって」

「荷物になるからいい」

「そんなこと言わないで。作り過ぎちゃって食べきれないから」

手の平を見せて父に待つように伝え、満智子が小走りで玄関に向かう。

すると家の中から、紙袋を両手で持った若い女が出てきた。孫の美紅(みく)だ。

美紅は紙袋を満智子に手渡しながら、こちらに溌剌(はつらつ)とした笑顔を向けてきた。

「お祖父(じい)ちゃん」

「帰ってきてたのか」

「別に」

「うん。今日の夜には東京に戻るけど」

「大学はどうだ」

美紅は東京で一人暮らしをしながら、有名私大に通っている。

「うん。楽しい」

「ちゃんと勉強してるか」

「それなりにね」

美紅はおどけた様子で肩をすくめた。

「しっかり勉強して、良い会社に入るんだぞ。おまえの兄さんみたいになるな」

「お父さん」

娘は抗議する口調だ。

「なんだ」

「和樹(かずき)だって頑張ったの」

「本当に頑張ったなら合格してる」

「話したでしょう。受験当日にお腹を壊したんだって」

「大事なときに体調を崩すのは、自己管理ができていないからだ」

娘はうんざりしたような長い息をついた。

母をかばおうとするかのように、今度は美紅が口を開く。

「郵便配達だって、立派な仕事だと思うけど」

「正社員ならな。あいつがやってるのはアルバイトだ。人生の目的もなくただフラフラしているだけだ」

田上家の長男にして勇にとっては初孫の和樹は三年前、大学受験に失敗した。いまは郵便局で配達のアルバイトをしている。ときおり配達用のバイクで走り回る孫の姿を見かけるが、そのたびに勇は苦々しい気持ちになるのだった。

「あの子だってただフラフラしているわけじゃない。アルバイトをしながらやりたいことを探しているの。それに正社員になったところで、昔と違って終身雇用が保証されている時代じゃないし」

「おい。変なこと言って美紅にまでおかしな価値観を植えつけるなよ。誰かさんみたいに甲斐性のない男とくっついたらどうするつもりだ」

満智子の顔色が変わった。

だが言い返せるはずがない。

満智子との結婚にともなって他県からこの町に移り住んだ田上は、町のメインストリートの空き物件を借りて洋品店を開いた。

もともと生地の卸販売を行なう会社にいたため、仕入ルートも確保できるし、都会的なセンスも身につけている。古臭い既製品しか手に入らないこの町では、じゅうぶんに勝算がある。

そう訴える田上に、勇は開店資金を貸し付けた。田上を信じたわけではない。むしろ一度辛酸を嘗めれば目が覚めるのではないか。成長するのではないか。高い授業料を払わせてやろうという心境だった。

だが高い授業料は無駄だった。しょせんは他人の懐と考えていたのかもしれない。流行らない店を二年で畳んだ後、田上は職を転々とし続けている。いまは町外れにできた老人介護施設で働いているが、いつまで続くことやら。結局は満智子がパートに出て家計を支えなければならない状況のようだ。

煮物のタッパーが入った紙袋を手に、勇は家路についた。

ほどなく、正面に線路が見えてくる。一時間に一本、午後七時には終電になる単線のローカル路線。ほとんどが車を所有している地元の人間は、まず使わない。赤字解消のためにさまざまな施策を打っているようだが、無駄な悪あがきはやめていっそ廃線にしてしまえばいい。そうすれば変な連中に近所をうろつかれることもないのに。

勇がそう思うのは、廃線寸前のローカル線に、なぜだかこのところ注目が集まっているからだった。

マスコミで取り上げられたらしく、線路沿いでカメラをかまえた連中をちらほらと見かける。満智子によれば、そういった連中は撮り鉄と呼ばれているらしい。なにが撮り鉄だ。そんなことをしている暇があったら本の一冊でも読め。真面目に働け。しかもただでさえ目障りな連中だというのに、勇の自宅の付近が絶好の撮影スポットになっているから始末に負えない。

今朝も出かける際に、自宅の前に五人ほどたむろしていた撮り鉄たちを怒鳴りつけてやった。そのうちの一人は、路上に三脚まで立てていた。勇は自宅の軒先に棚をしつらえ、趣味の盆栽の鉢を飾っている。連中は線路のほうにしか気を配っていないから、カメラをかまえてしゃがみ込んだ尻がいまにも盆栽に触れてしまいそうだった。

こちらにレンズが向けられているのに気づき、勇は眉をひそめる。

勇の自宅の前の一メートルほどの細い道を挟んで地面が軽く盛り上がっており、そこに砂利が敷かれてローカル線の線路が敷設されている。撮り鉄たちはその奥にいた。勇の家の前から、線路を挟んだ向こう側に移動したようだ。

あれだけ言ったのに懲りない連中だ。

存在するだけでかんに障るが、自宅の前を占領しているわけではないのなら文句を言う筋合いもない。視線を落として歩く速度を上げた。

ふいに、前方の路上におかしなものを見つけた。ちょうど勇の自宅の前あたりだ。なにもないはずの道から、木が生えている。

いや、違う——。

なにが起こったのかを察した瞬間、全身から血の気が引いた。

気づけば勇は、膝が悪いのも忘れて走っていた。

やはり。

今度は全身がかっと熱を持った。

地面に落ちているのは、勇が大切に世話をしてきた盆栽だった。鉢が割れてめちゃめちゃになっている。上下二段の棚のうち、上段に飾った四つの鉢すべてが地面に落ちていた。鉢は棚から少し離れた位置に落下したらしく、手で勢いよくなぎ払ったような感じだ。自然に落下した事故ではなく、人の手による仕業なのは間違いなかった。

「あいつら……」

もう許せん。

割れた鉢の破片を震える手で持ち上げながら、勇は線路を挟んだ場所でカメラをかまえる集団を睨みつけた。

3

地図上に散らばる無数の赤い×印を見つめ、僕はうーんと唸りを漏らした。

「どうだい。なにかわかったかい」

昼食から戻ってきた和田さんが、満足げに自分の腹を叩きながら覗き込んでくる。

「まだわかりません」

「まだ、っていうか、そんなんじゃ特定なんて無理でしょう」

僕が指令台の上で広げているのは、Z県の広域地図だった。赤い×印は〈出せ出せ男〉が発信した公衆電話の位置を示している。〈出せ出せ男〉からの入電についてはすべていぶき先輩が記録していたので、その情報をもとに僕が地図に記入してみたのだ。

赤い×印は見事に地図上にばらけていた。偏りはまったく見られない。視覚化することでなにかしらヒントが見つかるかもしれないと期待したが、残念ながら甘かったようだ。

「しかしまあ、すごい執念だね」

和田さんが感心した様子で頷く。

「ですよね。許せませんよね」

「違う。おれは〈出せ出せ男〉の正体を突き止めようという早乙女くんの執念がすごいって言いたかったんだ。こんな地図まで作っちゃって」

いや、でも、その、と僕はしどろもどろになる。

「だってムカつくじゃないですか。こんな迷惑通報、いつまでものさばらせるわけにはいきませんよ」

「それだけかい？」

意味ありげに目を細められた。

「どういう意味ですか」

「まあ、いいんだけど」と、和田さんがあらためて地図を見つめる。

「ここまで見事にばらけるとは……」

「ええ。これじゃなにもわかりませんよね」

「そうでもないんじゃない？」

和田さんが視線を上げる。

「どういうことですか」

「これ見て思ったんだけど、活動拠点が見当たらないんだよね」

「活動拠点？」

僕は地図に視線を戻し、和田さんの言った意味を考える。

「赤い×印同士が接近していない……？」

うん、と和田さんが頷く。

「営業の仕事とか、そういうのでもないんじゃないかな」

ようやく、和田さんの発言の意図を理解した。

「たしかに。もしも会社で営業職にあるとかだったら、日々どこかに出かけるにしても、一日に一度は会社に顔を出しますね」

それが和田さんの言う「活動拠点」だろう。県内のどこかに存在する会社に一日に一度は顔を出さなければならないとしたら、もう少し電話の発信地点に偏りが出る。だが〈出せ出せ男〉の場合にはそれがない。綺麗にばらけている。

「ってことは、仕事であちこちに出向いているわけではない……」

言いながらぞっとした。身元の特定を避けるためだけの目的でここまでするのなら、それはそれで恐ろしい執念だ。

「あるいは、会社組織に所属していない完全なフリーランスかもね」

「なるほど」

会社に通勤する必要のない仕事ということか。

「もしくは、仕事で移動しているのではないかもしれないけどね。〈出せ出せ男〉はなんらかの事情で、毎日県内の違う場所に出向かなければならない。そのついでといってはなんだけど、出先で公衆電話を見つけたら、一一〇番にかけて警察に嫌がらせをしている」

「仕事以外で、毎日県内の違う場所に出向かなければならない理由……」

まったく思い当たらない。

「あんまり真剣に考えなくていいよ。適当に思いつきを口にしただけだから」と和田さんが肩をすくめ、両手を広げる。

僕は〈出世出せ男〉の標的にされた通信司令課員をちらりと見た。彼女はちょうど通報への対応が終わったところらしく、椅子の背もたれに身を預けながら、お茶のペットボトルのキャップをひねろうとしていた。

伝説の通信指令課員。電話から得られる情報だけで事件の真相を見抜き、解決へと導いてしまう並外れた洞察力と推理力の持ち主。千里眼を通り越して〈万里眼〉。

人づてに話を聞くだけだと、まさかこんなに小柄でかわいらしい女性だとは思わないだろう。僕だってこの通信指令室に来てしばらくは、利根山「万里」という名前のせいで管理官を〈万里眼〉だと思い込んでいた。だってそんな噂を聞けば、それなりにキャリアを重ねていて貫禄（かんろく）のある人物だろうと、普通は考える。

まったくの偶然とはいえ、管理官も紛らわしい名前をしているな。

そんなことを考えていると、僕の指令台の警告灯が緑色に光った。

即座に反応して『受信』ボタンを押した。

「はい。Z県警一一〇番です。事件ですか。事故ですか」

語りかけながら、指令台の上に広げた地図を素早く畳む。

『トリテツに大事な盆栽を壊された！』

怒鳴りつけるような大声に、思わず顔をしかめる。通報者は男性。声には張りがあるものの、ややしわがれた印象もある。そして電話越しにもわかる、高圧的な雰囲気。五十歳以上かなと直感した。皆が皆そうではないが、年輩の男性ほど高圧的な人が多い印象がある。

それにしてもトリテツ——頭の中で漢字をあててみる。鳥哲。居酒屋の店名みたいになって余計にわけがわからない。

トリテツ、トリテツ。

「トリテツ、ですか」

地図システム端末画面を確認する。

発信地点は、県北東部の山あいの町だった。ちょっと歩けばすぐに隣県という、県境の近く。たしか警察学校の同期の中に、この町の出身者がいた。同じ県内出身と思えないほど訛(なま)りが強くて、よく同期たちのからかいの的になっていたっけ。

『トリテツはトリテツだ！　そんなこともわからんのか！　電車の写真を撮って喜んどる、頭のおかしなやつらのことだ！』

トリテツは撮り鉄か。ようやく理解した。

すると通報者とは別の、もっと若い男性の声がした。

『ここを走ってるのは電車じゃない！　ディーゼル車だ！　電車じゃなくて鉄道って

言ってくれ！』

『うるさい！　そんなのはどっちでもいいわ！　このクソガキどもが！　壊したぶんはきっちり弁償してもらうし、おまえら全員、牢屋にぶち込んでやるからな！』

『壊したのはおれたちじゃない！』

先ほどの若い男性とは、まだ別の人物のようだ。これも若い男性の声。それ以外にも何人かの声が聞こえる。

「ちょっと待って。落ち着いてください」

僕の言葉が届いていないかのように、その後もしばらく言い争っていたが、しばらくして年輩の通報者の声が戻ってきた。

『早く誰か寄越せ』

興奮のせいか息が荒い。

「なにがあったんですか」

『撮り鉄のやつらが、うちの前の盆栽を割ったんだ』

これまで聞こえていた言い争いの声から、それはなんとなく理解できていた。

「落として割っちゃったんですか」

『そんなんじゃない。わざとだ。家の前に三脚を立てたりして邪魔だったから、今朝怒鳴りつけて追っ払ったんだ。その腹いせに仕返ししたんだろう』

『そんなことするもんか！』

誰かが抗議したのを皮切りに、何人かの声が上がる。

『あれはわざとだ。勝手に落ちたのでも、誤って落としたのでもない。誰かが明らかな悪意を持って、盆栽の鉢をなぎ払った』

『だとしても、盆栽を落としたのはおれたちじゃない』

『じゃあ誰がやったって言うんだ』

『そんなのは知らない』

『ずっとこのへんにいたんだろう』

『いたよ。あんたに怒鳴られてからは、こっち側でシャッターチャンスを狙ってた』

そうだそうだ、と撮り鉄さんたちの声。

『なら犯人を見たはずだ。誰か怪しいやつが通ったのか』

『そんなの知らないし』

『そもそも気にしてないし』

『誰が怪しいかなんかわからないし。誰が通っても写真の邪魔にしかならないし』

『それなら写真の邪魔になりそうなやつは通ったのか』

『そんなのは通っていない』

『なら犯人はおまえたちしかいないじゃないか。動機だってある』

「すみません！」

語気強く呼びかけてみたが、混乱は収拾がつかない。

どうしたらいいんだ。髪の毛をかきむしりそうになったそのとき、隣からいぶき先輩の白い指がのびてきた。

4

「お電話かわりました。Z県警通信指令課の君野です」

急にあどけない女性の声が割り込んできて驚いたらしく、それまで興奮気味に怒鳴り散らしていた通報者が押し黙る。

束の間の沈黙の後、聞こえてきた声はやや落ち着きを取り戻したようだった。

『なんで子どもが？』

「子どもではありません。成人しています。Z県警通信指令課に所属する警察官です」

いぶき先輩が説明しても、疑わしげな声の響きは変わらなかった。

『だとしても、あんたみたいな若い女に話したところで意味がない。さっきの男に替わってくれ』

通報者は前時代的というか、かなり差別的な感覚の持ち主らしい。

「その要望にはお応えできません」

いぶき先輩はきっぱりとした口調だった。

『なんだと？』

「通報者が対応する職員を指名することはできません。ご不満なら、電話を切ってご自身で解決なさってはいかがでしょう」

ぐっ、と言葉に詰まったような呻き声。

下に見ている若い女性に意見されたのは気に入らないが、反論する言葉も見つからないという雰囲気だった。

『……わかった。さっさと警官を寄越してくれ』

観念したようだ。

「承知しました。その前に、まずは正確に状況を伝えてください」

通報者の名前は大滝勇さん。七十五歳、無職。電話の発信地点のすぐそばに住んでいるという。

大滝さんは週に一度、近くに住む義理の息子の運転で一時間ほどかけて病院に通っている。

先ほど病院から帰ってきたところ、自宅の軒先に棚を置いて飾っていた盆栽の鉢が地面に落ちて割れているのを発見した。棚がかたむいたり壊れたりはしておらず、鉢が落下した場所も棚から一メートル以上離れており、自然に落下したとは考えにくい。大滝さんによれば「人が手でなぎ払って故意に鉢を落としたような」雰囲気だという。

大滝さんが揉めている相手は、鉄道を撮影するために大滝さんの自宅近くでカメラをかまえている撮り鉄さんたちだった。大滝さんは病院に出かける前、自宅の前の路上にいた撮り鉄さんたちを邪魔だと怒鳴りつけ、追い払っていた。帰宅して盆栽が壊されているのを見たとき、真っ先に彼らの犯行を疑ったのはそのためらしい。怒鳴られた腹いせに仕返しされたと思ったのだ。

「さっさと警官を寄越せ」という大滝さんに、いぶき先輩は撮り鉄の方に電話を替わって欲しいと伝えた。大滝さんは不満そうだったが、どうも若い女性相手には強く出られないところがあるようだ。渋々といった様子ながら、撮り鉄のうちの一人に電話を替わった。

電話に出た撮り鉄さんは小島と名乗った。東京在住の会社員で、今日は有給を取って鉄道の撮影に訪れたのだという。疑われたことに強く憤っている様子で、潔白を証明するためにも警察にしっかり調べて欲しいと訴えた。

小島さんの話はこうだ。

大滝さんの自宅前に陣取って鉄道を撮影しようとして、怒鳴られたのは間違いない。

頭ごなしに怒鳴ることはないんじゃないかと思ったが、公道を占拠しているのは事実だし、撮影スポットの近隣住民から目の敵にされるのは慣れてもいた。

そこで小島さんたちは大滝さんの家の前を離れ、線路を挟んだ反対側から撮影することにした。大滝さんが病院に出かけ、帰ってくるまでの間に、鉄道車両が二回通過したという。線路越しにレンズをかまえるので大滝さんの自宅はずっと視界に入っていたが、不審人物は見かけていない。

それなのに大滝さんが出かける時点では無事だった盆栽が、大滝さんが帰宅したときには棚から落下して割れていた。大滝さんの家の前の道は幅一メートルほどで非常に狭く、身を隠すような場所もない。

「風じゃないの」

顎を触りながら和田さんが呟く。

「盆栽を吹き飛ばすほどの風ですか」

さすがにそれはないんじゃないか。二段の棚の上段に並んでいた四つの鉢すべてが地面に落ちている。逆を言えば、下段の盆栽は無事。風の仕業だとして、そんなふうになるだろうか。

「現場は標高も高いし、ここらへんでは想像もつかないぐらい強い風が吹くとかさ」

「たしかにこのへんとは気候も違うでしょうが」

荒天ならばともかく、今日は県内全域が晴れ渡っている。盆栽の鉢を吹き飛ばすほどの強い風が吹いたとは思えない。そもそもそこまで強い風が吹いたのなら、撮り鉄さんたちも、鉢が落ちたのは人為的なものではなく風の影響に違いないと指摘するだろう。それがないということは、そこまで強い風は吹いていないということだ。

地図システム端末画面を確認する。後方の無線指令台から臨場指令が出たらしく、地図上のパトカーを表す四角い記号が点滅しながら動き出していた。

はたして、今回もパトカーの到着までに真相を見抜けるのか。

僕はいぶき先輩の様子をうかがう。彼女は関係者から事情を聞きながら、じっと一点を見つめて推理しているようだった。

「皆さんの撮影した写真を、確認していただけますか」

いぶき先輩の発した言葉に、和田さんがなるほどという顔をする。

「線路の反対側から車両にレンズを向けたのなら、通報者の自宅が画角に収まっている可能性もある。そこに盆栽が写っているかどうかで、盆栽が落ちただいたいの時刻や、撮り鉄くんたちの発言の真偽をはかることができる」

さすがいぶき先輩。僕はヘッドセットの位置を直しつつ、先方の反応を待った。

撮り鉄の皆さんは素直にいぶき先輩の要求に従ってくれたらしい。しばらくしてから、小島さんの声が戻ってくる。

『仲間の一人の撮影した写真に、お爺さんの家が写り込んでいました』

「どうでしたか」

『最初に車両が通過する際には、盆栽は無事でした。でも、二回目に車両が通過する直前の写真では、すでに棚の上に盆栽は見当たりません』

ということは二回車両が通過したうちの、一度目と二度目の間に盆栽が落ちた。

「でもおかしくないか。盆栽の鉢が落ちたら、けっこう大きな音がする。撮り鉄くんたちは気づかなかったのか」

不審げに眉根を寄せる和田さんと同じことを、僕も思った。いくら気を配っていなかったといっても、五人もその場所にいて、誰も盆栽の鉢が地面に落ちた音に気づかないものだろうか。大滝さんが撮り鉄の皆さんを疑った背景には、そういう理由もあるのだろう。実行犯は別にいるとしても、撮り鉄の皆さんが盆栽の鉢が割れる音に気づかないはずがない。けれど大滝さん憎しという点で利害が一致する撮り鉄の皆さんは、犯人をかばった。そういう可能性はないのか。

「一枚目の写真で大滝さんの家が写り込んでいるのは、車両の通過前ですか」

いぶき先輩が聴取を続ける。

『そうです』と小島さんが応じた。

「通過直後の写真は？」

『ありません。レンズで車両を追いながら撮影していたので』

『もういいだろう』と、大滝さんが割って入ってくる。なにするんですか、まだ話は終わっていません。うるさい、それはおれの電話だ。軽い押し問答を挟んで、大滝さんが言った。

『わかったか。さっさと警察を寄越（よこ）してくれ。きちんとこいつらに罰を受けさせてやる』

「すでに手配はしました」

『そうか。じゃあ――』と通話を切ろうとするのを、いぶき先輩が引き止める。

「しかし、犯人は撮り鉄の皆さんではないと思います」

『なんだと？』

意に染まない指摘をされて、大滝さんは不快そうだ。

先輩はかまわずに話を進める。

「まず、盆栽を破壊したのが撮り鉄さんたちなら、現場近くに留（とど）まって撮影を続けようとしているのが不自然です」

僕もそれは思った。かりに僕らが撮り鉄の皆さんの立場だとして、大滝さんに恨みを募らせて盆栽を破壊するのなら、決行は去り際にする。グループの一員である小島さんは東京在住だというし、おそらくほかのメンバーも近くに住んでいるわけではないだろうから、すべてが終わった後で盆栽を破壊して立ち去れば身許を特定されるおそれもない。逆に、まだ撮影を続けようと思っているのにそんなことをすれば、家主に発見され、いまのように揉めるのは目に見えている。鉄道の写真を撮りたいのなら、そんな面倒は避けるだろう。

真っ当な指摘をされ、大滝さんはおもしろくなさそうだった。

だが気を取り直したように強い口調で反論してくる。

『普通はそうかもしれないが、この連中は頭がおかしいんだ！　それに、人数が多いせいで気が大きくなる部分もあるだろう。年寄りだからっておれのことを舐めてるんだ』

すぐ近くに当人たちがいて話を聞いているだろうに「頭がおかしい」なんて、よくそんなことが言えるなと、驚きを通り越して感心する。僕にはとてもそんな真似はできないし、そうなりたくもない。通報者はかなり気難しい人のようだ。年齢のせいなのか、もともとそうなのか、それともなにかほかの要因があるのか。

「そう思われるならかまいません」

挑発的とも受け取れるいぶき先輩の口調に、大滝さんはむっとした様子だ。

『そんなに言うなら、お嬢ちゃんには犯人がわかるっていうのか』

「お嬢ちゃん、ではありません。君野です」

相手が言い返してこないと高を括っていた部分もあったのだろう。いぶき先輩の毅然とした態度に、さしもの大滝さんも気圧されたようだった。

『あんたには、犯人が誰かわかるっていうのか』

先輩への呼称を訂正する。

それにたいするいぶき先輩の返答も、また毅然としたものだった。

「わかりません」

「へ？」と僕は無意識に間抜けな声を漏らしていた。てっきりすでに事件の真相を見抜いていて、ズバッと推理を披露して高圧的な通報者の鼻を明かしてくれると思っていた。

思っていた、ではない。期待していた。

だって正直、大滝さんはあまり感じのいい通報者ではない。大切な盆栽が壊れてしまったのには同情するけど、だからといって他人に無礼を働く免罪符にはならない。もちろん通報時の態度によって僕らが対応を変えたり、事件に取り組む姿勢に差をつけることはありえない。けれど、だからこそ腹立たしい。僕らは誰が相手であろうと、どんなに嫌な態度を取られようと、同質のサービスを提供しなければならない。ならばせめて、いぶき先輩のキレッキレの推理で相手をギャフンと言わせて欲しかったのだ。

他力本願で我ながら情けないけど。

『ほらな』と大滝さんは勢いを増したようだった。

『こいつら以外にいないんだよ、犯行が可能だったのは。だってこいつら、ずっとここにいたんだ。で、うちの前をほかに誰か通ったかって訊いても、通ってないって言うんだから。こいつら以外に犯行は不可能だ』

「それについては異議があります」

理解するのに時間がかかったらしく、しばしの沈黙が挟まった。

『どういうことだ』

「撮り鉄さんたち以外には、犯行が不可能だという点です。異議ありです」

『あんた、人の話ちゃんと聞いてたか』

笑いを含む、人を小馬鹿にする口調だった。

「聞いていました。その上で、どうやったら犯行が可能かを考えました」

『おもしろい。あんたの考えを聞かせてくれ』

「わかりました」

そして披露されたいぶき先輩の推理を、僕は驚いたり、納得させられたり、感心したりしながら聞いた。ようするに、やっぱり先輩はすごい。

最初は懐疑的だった大滝さんも、次第に態度が変わってくるのが、電話越しにでもわかった。たぶん先輩の話が終わるころには、完全に信じる気になっていたはずだ。だが最大の驚きは、そこからだった。

『まあ、そういう考え方もあるかもしれないな』

大滝さんは負け惜しみのような台詞（せりふ）を吐き、こう続けたのだ。

『とりあえずもういい。警官を帰らせてくれ』

僕は驚いて和田さんの顔を見た。

和田さんも不可解そうに首をひねっていた。

5

娘夫婦の家の玄関には、あたたかい生活の気配を感じる明かりがともっていた。

勇が呼び鈴を押すと、ほどなく磨（す）りガラス越しに娘の影が現れ、引き戸が開く。施錠はしていなかったようだ。

「お父さん、どうしたの」

娘は意外そうに目を見開いた。病院に行くなど特別な用もないのに、勇がこの家を訪ねることはほとんどなかった。日の暮れたこの時間の訪問となると、それこそいつ以来だろう。

「和樹は帰ってるか」

「いるけど。どうしたの」

「話がしたい」

「和樹と？」

孫と話したいと言っているだけなのに、さも意外そうな顔をされるということこそ、まったく信頼関係が築けていないあかしなのかもしれない。

「あれ。お義父さん。どうしたんですか、こんな時間に」

田上が廊下に出てきて、不思議そうに首をかしげた。ちょうど風呂から上がったばかりのようだ。タオルを首にかけ、さっぱりした顔をしている。

「和樹と話したいんだって」

「和樹と？」

よほど驚いたのか、田上の声は裏返っていた。

そのとき階段をくだる足音がして、和樹が廊下に顔を覗かせた。

「和樹。ちょっといいか」

和樹は細い眉を歪めて面倒くさそうな顔をしたが、廊下を歩いてこちらに近づいてきた。

あらためて向き合ってみると、大きくなったなと思う。

「なに」

「外に出よう」

家族に聞かれたくないだろうと気を遣ったつもりだったが、和樹はかぶりを振った。

「なんで。ここでいいよ」

それじゃ困る。孫との話し合いは穏便に済ませようと思っていたのだ。

だが和樹は言った。

「おれがやった。祖父(じい)ちゃん家の盆栽、落として割った」

奥で様子をうかがっていた娘夫婦が顔色を変える。

犯行が可能だったのは撮り鉄だけではない。

あの君野という若い女の言った通りだった。勇は目を閉じた。

撮り鉄の撮影した写真から、盆栽が棚から落ちたのは勇の外出中だとわかった。その間、ローカル線のディーゼル車は二度、勇の家の前を通過している。

最初の通過直前に撮影された写真では無事だったのに、二度目の通過直前に撮影された写真では、棚から盆栽が消えていた。鉄道ダイヤはおよそ一時間間隔なので、その一時間に事件が起こったことになる。

ところが、撮り鉄たちはその間、現場周辺で不審人物を見ていない。ほかに容疑者がいないのならば、彼らを疑うしかない。

そう考えたのだが。

――撮り鉄さんたちから大滝さんの自宅前を観察する際に、死角ができる瞬間があります。

君野はそう主張したのだった。

なにを言うんだと鼻で笑った。一人二人なら目を離すこともあるだろうが、連中は五人もいた。五人全員が、勇の家の前から目を離すなんて。

――が、少し考えてみて気づいた。

たしかに死角ができる瞬間がある。

それは、鉄道車両が通過する瞬間だ。

鉄道車両と並走しつつ、撮り鉄たちの前を通過する。そして勇の自宅の前に到達したときに盆栽を棚からなぎ払って落とし、車両とともに走り去れば、撮り鉄たちの目には犯人が映らない。しかも走行音が、盆栽の鉢が地面に落ちて割れる音もかき消してくれる。

鉄道と並走するということは、犯人はオートバイか自動車に乗っていたはずだ。が、勇の自宅の前の道路は狭く、自動車は通過できない。

ということは、犯人の移動手段はオートバイ。

その時点でピンと来た。

そして撮り鉄が撮影した鉄道の写真をよく見たところ、車体の下、車輪のわずかな隙間の部分に、並走するオートバイと思しき車体が写っていたのだった。

郵便局員が配達に使用するスーパーカブだった。

孫の犯行を悟った勇は、警察官を帰らせてくれと君野に伝えた。だが君野は、それはできないという。ただ、警察官が到着したからといってすべてが事件になるわけでもないので、必要ないと思ったのなら事情を説明すればいいらしい。被害届を出さなければ、誰かを罰する必要はないそうだ。

——まず頭ごなしに犯人だと決めつけた相手に謝ってください。相手の言い分も聞いて、きちんと話し合ってください。

通話を終える際、君野はそう言った。

相手の言い分を聞け。たしかにそうだ。

いつの間に自分は、こんなに意固地になってしまったのだろう。いや、もともとこうだった。気難しくて頑固で、付き合いづらい人間だった。そんな自分と周囲のバランスを取ってくれていたのが、五十年近く連れ添った妻だった。話し好きで、朗らかで、勇とは対照的にいつも微笑んでいるように見える妻のおかげで、こんな自分でも社会とつながっていられた。いわば妻は、気難しい自分と社会をつないでくれる触媒の役割をはたしてくれていた。

妻の生前には、娘夫婦の家にももっと頻繁に訪ねていた。娘婿にたいする嫌みも、孫たちへのお小言も、妻の笑顔が中和してくれていた。あなた言い過ぎじゃないの。英樹さんだって一生懸命働いてるじゃないの。和樹だって頑張ってるし。そんなフォローがなくなったせいで、自分はただただ嫌なやつになってしまっていた。次第に距離を置かれるようになり、それを感じ取った勇自身も、娘夫婦の家に足を向けなくなった。

「おまえ、なんてことを……」

「お祖父ちゃんがどれだけ大事にしていたか、知ってるでしょう」

狼狽える両親をよそに、和樹は不遜な態度を崩さない。

「あんたにはムカついてたんだ」

「そうか」勇は頷いた。「理由を聞かせてくれないか」

思いがけない祖父の言葉に、和樹も、その両親も、驚いた様子だった。

「大学受験までは、あんたの期待に応えたいって思って頑張った。こんな田舎に留まっていてもしかたがない。良い大学に進んで、良い会社に入れ。あんたはいつも言ってた。だからあんたの自慢の孫になれるよう、頭が悪いなりに一生懸命勉強した。でもダメだった。もちろん、結果が出せなかったおれが悪い。でも、あんたはおれの努力をいっさい認めようとしなかった」

そんなことはない。よく頑張ったと思っている。ただ、ねぎらいを伝えるのは苦手で、孫にたいしてなにも言葉をかけていない。もしも妻が生きていたら、お祖父ちゃんがよく頑張ったって言ってるよと、かりに本当に言っていなくても伝えてくれただろう。

だが、妻はもういない。

発していない言葉は、思っていないのと同じだ。

「そうだな。おまえが頑張ってたのはわかってたのに、それを認めてやらなかった」

「大学に落ちてから、気づいたんだ。おれは大学に行きたかったわけじゃなくて、あんたの期待に応えたかっただけだった……って。良い大学に進んで良い会社に入るなんて、自分の本当にやりたいことじゃなかった。だからアルバイトをしながら、本当にやりたいことを探そうと思った。アルバイトだけどちゃんと週五で働いているし、家に金も入れてる。でもあんたはアルバイトってだけで見下して、社会の落伍者みたいに悪く言う」

ことさらに悪く言ったつもりはなかったが、妻がいなくなった影響だろう。古臭い価値観を引きずった皮肉屋の老人の言葉は、若者には悪罵としか受け取られない。

「そうだった。アルバイトだって立派な仕事なのに、それを認めてやらなかった」

和樹は祖父の反応が意外そうだったが、同時に怯えてもいるようだった。開き直って思いをぶつけることにしたものの、急にしおらしくなった祖父の態度を信じられず、そのうち爆発するのではと警戒しているようだった。

「そうだよ。結局あんたは世間体ばっかりだ。東京の大学に受かった美紅しかかわいくないんだろう。あんたの意に染まない不肖の孫なんか、いなくなって欲しいと思ってるんだろう」

小さいころはどちらかといえば和樹のほうをかわいがってきた。和樹も祖父を慕ってくれていた。典型的なお祖父ちゃん子だと、周囲からよく言われた。

ボタンの掛け違いが起こったのは、やはり和樹の大学受験失敗だった。妹の美紅が東京の有名私大に受かったのも、感情のすれ違いに拍車をかけた。

本当は、和樹が大学に進まずにアルバイトをしているのが嫌なのではない。避けられるのが嫌なのだ。わけもわからずに避けられ、当てつけで美紅をかわいがるようになった。だが、避けられる原因は紛れもなく自分にあった。

こんなに嫌みなジジイ、普通は好きこのんでかかわろうとしない。

「悪かった」

頭を下げているのでその様子は見えないが、孫とその両親の息を呑む気配が伝わってきた。

「おれはずっと嫌なやつだった。感謝の言葉を口にしないだけでなく、自分の思い通りにならないとすぐに不機嫌になったり、相手の言い分も聞かずに頭ごなしに怒鳴ったり。腹が立って仕返ししたくなるのも当然だ。すまなかった」

今日二度目の謝罪だった。撮り鉄たちは許してくれたが、今回はそう上手くいかないかもしれない。でも、諦めてはいけない。

これからやり直しが利くのかわからない。やってしまったことは取り消せないし、口にしてしまった言葉は、耳にした相手の心にずっと残る。

でもわかった。盆栽よりもずっと大事なものを、おれは持っている。

CASE3　おかしな訪問者

1

「おうい」と目の前で手を振られ、我に返った。

ミキさんがふくれっ面で僕を睨んでいる。うっすら茶色い髪の毛を綺麗にカールさせた髪型、たっぷり重ねたマスカラで強調された眼、重ね着で膨らんだ上半身とは対照的に、下半身は薄着だ。短いスカートからのびた白い生脚の眩しさに、いつも目を逸らしてしまう。地味モブキャラ一筋だった僕の人生では、ほとんどかかわったことのない人種だと、あらためて思う。

「いまなんか別のこと考えてたでしょう」

「そんなことないです。当直明けで少しボーッとしているだけです。すみません」

僕は軽く頭を下げ、グラスから飛び出したストローを口に含んだ。吸い込んでみると、ずずずっ、という音がしただけだった。アイスコーヒーはとっくに空になっていた。

「かわいそう。あまり眠れなかったの？」

ミキさんが顔の前で両手を重ね、上目遣いでパチパチと瞬きする。潤んだ瞳から放たれた視線に搦め取られそうで、僕は思わず目を伏せた。

「そういうわけでもないんですけど」

二十四時間の当直勤務中には、交代で仮眠を取ることができる。深夜に人手が足りなくなって叩き起こされるという経験は、まだない。だから寝不足というわけでもなかった。ボーッとしているのは当直明けだからでなく、考えごとをしているせいだ。

このところ僕の頭の中を占めているのは〈出せ出せ男〉だった。なぜか〈万里眼〉を強烈に敵視し、迷惑電話を繰り返す謎の人物。どこで〈万里眼〉の存在を知ったのか、〈万里眼〉の正体を突き止めて、いったいなにをするつもりなのか。不穏な予感しかない。

僕は当直勤務明けで、ミキさんとファストフード店でランチしていた。

ミキさんは県庁所在地であるこの市から車で少し離れた、人口規模県内第二の市に住んでいる。仕事はスナックのホステスさん。店での揉め事で一一〇番通報してきたミキさんに声を気に入られ、あれよあれよという間に連絡先を交換し、どういうわけかいまに至る。ミキさんは夕方からの出勤だし、僕は不規則な当直勤務だしで、お互いに平日の日中に都合がつきやすいのだ。

とはいえ、連絡してくるのはもっぱらミキさんで、僕から連絡することはほぼない。

たまには僕からも誘ったほうがいいのではと思うが、ミキさんに限らず、誰かに連絡するのって気が引ける。迷惑に思われたらどうしようとか、断られたらどうしようと考えてしまう。みんなそんな心配しないのだろうか？　僕だけだろうか？　とにかく受け身一辺倒の僕は、他人を誘える側の人を尊敬してやまない。

「なんだかすごく大変そう。最近、仕事で悩みでもあるの」

「まあ……どういう仕事であれ悩みは付き物ですし」

曖昧に応じながら、我ながらわかりやすいなと思った。

ミキさんにまで考えごとをしているのが伝わってしまったのか。とはいえ守秘義務もあるし、ペラペラと内情を話すわけにもいかない。

と、思ったのだが。

「やっぱり〈万里眼〉ともなると、いろいろ大変なんだね」

いったん聞き流した後で、再度ミキさんの顔を見た。いわゆる二度見だ。

「えっ？」

いま、なんて？

ミキさんはにこにこと笑みを湛え、小首をかしげる。

「だから〈万里眼〉ともなると、大変なんだな……って」

僕は硬直したまま記憶を反芻した。ミキさんに〈万里眼〉の話なんてしたことあったっけ？

ない……と思う。

「あの……どうして〈万里眼〉の噂を？」

「モリヤマ先輩から聞いたの」

「モリヤマ先輩？」

誰だそれは。

「警察官だよ。いまはX署にいる」

しばらく考えて思い出した。

「もしかして地域課の？」

「地域課？　それはわからないけど、いまは交番のおまわりさんやってる」

つまり地域課勤務だ。

以前に女性が刺される事件が発生した。その現場に臨場したのが、X署の森山さんだった。例のごとく現着前にいぶき先輩が真相を見抜いてしまったのだが、そのとき不審がる森山さんにたいし、いぶき先輩が僕を〈万里眼〉だと紹介したことがあった。いぶき先輩がそう呼ばれるのを嫌っていると知っていたから僕も否定しなかったのだが、まさかあのときの所轄署員とミキさんがつながっていたとは……。

「森山さんは、僕のことをなんて話してたんですか」

「この前、家の近くでばったり会って。それまで先輩が警察官になってることも知らなかったんだけど。最近、通信指令課の早乙女廉くんと仲が良いんだよって私が言ったら、それってもしかして〈万里眼〉じゃないか……って。意味がわからないから、なにそれって思うじゃない。そしたら、通報者から聴取した情報だけで事件の真相を見抜く通信指令課のエースだって」

「そう……」

これは認識をあらためる必要がありそうだ。和田さん情報によれば、アンダーグラウンドレベルでは〈万里眼〉の噂が広がっているらしい。けれどこういう情報の拡散ルートもあるのだ。

「どうかしたの？」

ミキさんが首をかしげる。

どうしたものか。当然ながら僕は〈万里眼〉ではない。でもそれをこの場で否定するのも得策とは思えない。いぶき先輩は自分が〈万里眼〉であることを隠したがっているし、〈出せ出せ男〉の件もある。

ミキさんを騙してしまうのは後ろめたいけど、僕が〈万里眼〉だと誤解させておくのが無難だろう。

「すごいよね、廉くん。私いろんな人に自慢してるもん」

「できればあまり言わないで欲しいんですが」

「どうして」

「照れ臭いし」僕は偽者だし。

「恥ずかしがることないよ。廉くんはすごいんだから。もっと自信持ちなよ」

本当に僕が〈万里眼〉だったら自信の持ちようもあるけど。

ファストフード店で二時間ほど過ごし、僕らは店を後にした。女性と一緒に過ごすのは緊張するし、いまだになにを話していいのかわからなくなるので、僕にはこれぐらいが限界だ。ミキさんも夕方からの出勤にそなえていろいろ準備があるらしいのでちょうどいい。

でも本当は帰りたくなーい。廉くんともっと一緒にいたーい。

とくに趣味が合うわけでも、話が盛り上がった実感もないのにどうしてそう思うのか不思議だけど、彼女はいつも通りそんなふうに言いながら、でも律儀に仕事には間に合うように去って行く。派手な見た目に惑わされがちだけど、根は真面目な人なのだろう。

何度もこちらを振り返って手を振りながら遠ざかるミキさんに遠慮がちに手を振り返しながら、僕は静かな解放感に浸っていた。ようやく非番日の始まりのような気がする。これからなにをして過ごそう。なんて考えたわりに、たぶん自室でごろ寝して終わるだろうけど。

遠ざかるミキさんの姿が人波に紛れ始める。

そろそろいいかなと思い、彼女に背を向けようとしたそのときだった。

「きゃっ」と短い悲鳴が聞こえ、僕は振り向いた。

ミキさんが地面に尻餅をついている。

なにが起こったのかわからない。転んだのだろうか。

僕はミキさんに駆け寄った。

「どうしました」

「バッグ、盗られた」

ミキさんが地面に尻餅をついたまま指差した方向には、ダボッとした服装の男が走り去ろうとしていた。手には女物のハンドバッグ。

ようやく理解した。ひったくりだ。

走って追いかけようと思ったが、犯人とはすでに三〇メートルほど離れている。とても追いつけそうにない。

そのときだった。

路地から飛び出してきた人影が、犯人に重なった。ひったくりに気づいた通行人が、犯人に飛びついたようだ。

二つの人影が一つになり、ゴロゴロと地面を転がる。

やがて人影が分かれて二つになった。

犯人のほうはすぐに立ち上がり、走り去っていった。その手には、さっきまで持っていたバッグがない。

もう一つの人影は、地面に両手をついて立ち上がろうとしていた。片手でしっかりとバッグのストラップを握っている。取り返してくれたらしい。

僕は急いで駆け寄った。

ボタンダウンのシャツにジーンズ姿の男性だった。年齢は三十代半ばぐらいだろうか。助け起こそうと差しのべた手を握り返した腕は、前腕が太くて筋肉質だ。ひったくりに怯むことなく飛びつくぐらいだから、格闘技経験があるのかもしれない。眉の太い濃い顔のイケメンで、なんとなく和田さんに近い印象を受けた。ようするに、僕がコンプレックスを刺激されるリア充タイプ。

「大丈夫ですか」

「ああ」

男性は僕にバッグを差し出し、自分の服を両手で叩いた。

「本当にありがとうございます」

彼がいなければ、ミキさんのバッグは持ち去られていた。一瞬の出来事だったし、警察が捜査しても犯人を逮捕できたかどうか。かりに逮捕できても盗品が戻る保証はない。

男性は伏し目がちに頷き、心配そうにミキさんのほうを見る。

突然のことで腰が抜けたのか、ミキさんはまだ座り込んでいた。

「いちおう警察に通報しますので、事情聴取とか、捜査に協力してもらっていいですか。僕、警察官なんです」

僕はスマートフォンを取り出し、一一〇番をタップしながら言った。

「いや。急ぐんで」

「そうですか。じゃあ、連絡先を教えていただいても」

だが男性は手をひらひらとさせる。

「勘弁してくれ。本当に急いでいるから」

男性は迷惑そうに手を振り、立ち去ってしまった。

2

「よう。イケボでモテモテの通信司令課員くん」

対面の席の椅子を引きながら、和田さんが僕のカツカレーの皿からカツを一切れつまみ、自分の口に放り込む。流れるような無駄のない動きに、抗議を挟む隙すらない。

「別にモテモテじゃないです」

「あんなかわいい彼女がいるのにそんなこと言ってたら罰が当たるぞ」

「彼女じゃないですって」

これまでに何度同じ台詞を吐いたかわからない。

県警本部の食堂で、僕は昼食を摂っていた。

「どうなんですか。犯人は捕まりそうですか」

ひったくりは捜査三課の担当だ。一課の和田さんに訊いてもしょうがないけど、いちおう訊ねてみる。いろんなところにアンテナを張り巡らせている人だから、なにか知っているかもしれない。

すると、案の定だった。

「現場近くを根城にしている悪ガキグループに、早乙女くんの目撃証言に近い風体の少年がいるらしい。あの近辺で似たような犯行を繰り返してたみたいだから、たぶんそいつの仕業じゃないかって話になっているみたいだ。逮捕も時間の問題じゃないかな」

「それはよかったです」

そして和田さんの情報収集能力に驚く。

「面通しなんかがあるかもしれないから、そのときにはミキちゃんにご足労いただくかもしれないけど」

「伝えておきます」

「よろしく」

そう言って、和田さんはもう一切れ、カツをつまんで口に運んだ。

ミキさんへのひったくり未遂で警察に通報したのは、僕だった。

一一〇番したときに応対したのは同僚で、現着して事情聴取を担当した所轄署員も同僚、所轄署から捜査を引き継いだ捜査三課の捜査員も、もちろん同僚ということで、通信指令室勤務の警察官が女性と一緒のときにひったくりに遭いそうになったという噂は、瞬く間に警察組織内に広まったようだ。翌出勤日、庁舎に足を踏み入れた瞬間から、ひやかすような同僚たちの視線を感じた。細谷さんなどはもっとストレートで、仕事の手が空くたびに質問攻めにしてきた。たまに誘われたらランチをともにするが交際しているわけではないと説明したけど、どこまで信じてもらえたのかは怪しい。最後には「お節介かもしれないけど、こんな奥手の男の子で結婚相手が見つかるのかしらって心配してたの」と涙ぐまれた。だから交際はしてませんってば。つくづく人間というのは、物事を自分の信じたいように解釈するものだ。

「しかし早乙女くんも男だった……ってことか。あのときの女の子とそんな関係になっていたとは」

「そんな関係って、どんな関係ですか。あえて卑猥に聞こえる言い方をしないでください」

「でも、一緒にご飯食べてたわけじゃない。そんなの聞いてないよ」

「訊かれてませんから」

ふうん、と意味深に目を細められた。

「なんですか」

「てっきりおれは、早乙女くんはいぶきちゃんのことを好きだとばかり思っていたけど」

「それも誤解です」

「そっか。そうだったの？」

「そうです」

「じゃあ、おれが付き合ってもいい？」

「えっ」

とっさに言葉が出ない。まさかそんな展開になるとは予想もしていなかった。

和田さんが悪戯っぽく笑い、完璧な歯並びを覗かせる。なんだ、僕のことをからかっただけか。そんなことを考えて安心し、ふと思う。

なぜ僕はいま、安心した？　和田さんがいぶき先輩に告白しようが、僕には関係ないじゃないか。むしろお似合いの二人がくっつけば僕も嬉しい。喜ぶべきことだ。

けれど和田さんは冗談を言ったわけでもなかったようだ。

「いぶきちゃん、かわいいよね。ちょっと天然なところはあるけど、賢いし。話題も豊富だし、話していて飽きない」

それは間違いない。僕もそう思う。

天然度合いは「ちょっと」ではない気もするけど。

「たださ」と和田さんが顔をしかめる。「おれのことをあんまり異性として意識してなさそうなんだよな。だから口説くに口説けないっていうか」

「そんなこと、ないんじゃないですか。和田さんみたいなコミュ力と行動力のある男の人に、興味を持たない女性はいないと思います」

「そうかな」

「そうです。僕が女だったら、和田さんと付き合いたいです」

「なんだそれ。斬新な褒め言葉」

和田さんが噴き出した。そして複雑な表情になって虚空を見上げる。

「とにかく応援します」

「ありがとう」

和田さんはいつもの人懐こい笑みに戻った。

食事を終え、通信指令室に向かう。県警本部八階。ワンフロアまるまる使用した天井の高い広大な空間に、コックピットのような指令台がずらりと並んでいる。

ＩＣカードで開錠し、入室すると、微笑を湛えた管理官が歩み寄ってきた。

「お疲れさま。〈雪の宿〉、食べる？」

今日も異状なし。

礼を言って〈雪の宿〉の個装を受け取り、最前列の五番台についた。

「休憩、いただきました」

周囲の職員に会釈すると、「おかえり」と口々に返ってくる。

だが、四番台のいぶき先輩からだけは反応がない。

警告灯は点いていないから、通報に対応中ということはない。というか、デスクにクロスワードパズルの雑誌を開いているので、手が空いているのは明らかだ。あからさまに無視されている。

「ただいま。いぶきちゃん」

僕と一緒に入室した和田さんが声をかけると、「おかえりなさい」とにこやかに返事しているし。

なんなんだよ、いったい。

今朝からずっとこの調子で無視されていた。僕がミキさんと食事に行っていたことを知ったせいみたいだけど、どうしてそんなことでこの仕打ちを受けるのかが理解できない。プライベートでなにをしようが勝手じゃないか。

「ただいま戻りました。いぶき先輩」

僕も名指しで声をかけてみたが、先輩は「はい」と素っ気なく一瞥をくれただけだった。

僕は仏頂面で和田さんを見る。

こんな感じですから、いぶき先輩にアプローチしたいのならどうぞご自由に。

和田さんは苦笑を浮かべ、いぶき先輩の指令台の前に立った。

「いぶきちゃん。たしかクラシック好きだったよね」

先輩はクロスワード雑誌を閉じ、和田さんを見上げた。

「ええ。好きです。よくご存じですね」

「前に話してたよ」

「そうでしたっけ」

「そうだよ。おれはいぶきちゃんの話ならなんでも覚えてる」

とてもわかりやすい好意の表現に聞いているこっちが恥ずかしくなりそうだけど、いぶき先輩は意外そうに目を瞬かせている。

「すごい記憶力ですね、さすが刑事さんです」

そういう意味じゃないと思いますよ、先輩。

異性として見られていないという和田さんの嘆きが、わかる気がした。

「コンサートのチケットがたまたま二枚手に入ったんだけど、一緒にどうかな。ブラームスの交響曲三番と四番をやるらしいよ」

「本当ですか」といぶき先輩は自分の口を手で覆った。

「私、ブラームス、大好きなんです。中でも三番」

「知ってる。それも前に話してた」

「スケジュールを調べてみないと」

「その日、いぶきちゃんは週休日のはずだけど」

和田さん、すごい。根回しも下調べも完璧だ。そりゃモテるわ。

「休みの日に、大好きなブラームスを演奏するコンサート。一緒に行く相手が嫌じゃなければ、断る選択肢はないよね」

「嫌じゃないです」

先輩は両手を振った。

「じゃあ、決まりだね」

和田さんが片目を瞑って勝負あったかに思えたが、まだ決着はついていないようだった。

いぶき先輩は少し困ったように首をかしげ、んー、と唸りを漏らしている。

そのやりとりを横目で見ていた僕は、胸の奥にちくりと痛みを感じた。

これはいったいどういうことだ。なにか大きな病気の前触れか。心臓が苦しい。そしてどういうわけか、イライラする。

ちょうどそのとき、警告灯が緑色に光った。

即座に反応して『受信』ボタンを押した。反応速度の最速記録かもしれない。胸の中でよくわからない感情が暴れ出しそうで、仕事していないと冷静さが保てない気がした。

「はい。Z県警一一〇番です。事件ですか。事故ですか」

『あ。事件です』

そういうわりにはやけに落ち着いた声音だった。男性で、声の雰囲気は比較的若い。二十代か、せいぜい三十代。

地図システム端末画面を確認する。県の中西部にあるC市の、古くからある住宅街。その一角の一戸建て住宅の上で、赤い丸が光っていた。

「どういった状況なのか、教えていただけますか」

『どうも、キャッシュカードが盗まれたみたいです』

「キャッシュカード、ですか。銀行の？」

それは大変だ。僕は事案端末にタッチペンで「キャッシュカードトウナン」と手書きした。

「電話の発信地点はすでにわかっているのですが、そこがご自宅でしょうか」

今回の通報は固定電話からの発信だった。最近は携帯電話やスマートフォンが圧倒的に多く、固定電話からの通報は珍しい。

『ええ。そうです』

「盗まれたのは、あなたのキャッシュカードですか？」

たぶん違う。通報者は「盗まれたみたい」と言った。

案の定だった。

『いえ、私のではないんですけど』

「ご本人はどちらに？」

『います。いまカードを捜しています』

ん？　と僕は眉をひそめた。

本人はまだ捜しているのに、家族が通報を？

「まだ盗まれたと決まったわけではない？」

『いいえ。盗まれたと思います。本人は高齢で物忘れも激しいようですし、言っていることがちぐはぐな感じで』

「認知症ということですか」

『そういう感じだと』

「ええと。あなたはいったい……？」

どうにも説明が要領をえない。認知症かどうか断定できないのなら、家族ではなさそうだ。にもかかわらず、家に上がり込んで固定電話から通報している。しかも話を聞く限り、持ち主はカードをなくしたと思ってまだ捜している。通報者とカードの持ち主の関係性が想像もつかない。

『私は、ええと……あの……』

どうしてしどろもどろになるのか理解できないが、会話に空白ができたせいで、和田さんといぶき先輩の笑い声が耳に飛び込んでくる。

すごく楽しそうで、なぜかすごくイライラした。いつもはそんなことないのに、どうしてだろう。僕はいったい、どうなってしまったんだ。っていうか、クラシックのコンサートの話は結局どうなったのだろう。あの流れだと完全に和田さんのペースで、いぶき先輩が断れる雰囲気ではなかったけど。

早くしろ。早く答えろ。会話していないと余計なことを考えてしまう。嫌な自分になってしまう。

そんなことを考えて唇を嚙んでいると、ようやくヘッドセットから声が聞こえた。

『銀行の、者です』

「銀行？」

意外な返事だった。

『はい。フクイさまには、いつも大変お世話になっておりまして、よくこちらにお邪魔しております』

「そう、なんですか」

不自然すぎる。

いくら懇意にしているとはいえ、銀行員が本人の承諾なしに警察に通報？

『ええ。フクイさまにキャッシュカードをご用意いただくことになっていたのに、予定をお忘れになっていたようでして』

「で、キャッシュカードをなくしたと？」

カードの持ち主はフクイさんというらしい。事案端末に書き留める。

『そ、そうです』

やっぱり不自然だ。

誰かが訪ねてくる予定を忘れるなんて、高齢者じゃなくても普通にある。それなのに予定を失念してカードを紛失したというだけで、どうして盗まれたと判断したのだろう。

「あの、あなたについて教えてくれませんか」

『私について、ですか』

なにかしら後ろめたい事情があるに違いない。声に含まれた怯(おび)えで、僕は確信した。

「銀行って、どちらの銀行ですか」

『え、と……その……や、やまびこ銀行です』

「支店名は」

『C支店』

「あなたのお名前は」

『私の……』

「そう、あなたのお名前です」

『イトウ、ワタル』

漢字を確認すると、伊藤航(いとうわたる)と書くらしい。

本名かどうか怪しいものだが。

なにしろ質問への答え方がいちいちぎこちない。勤務先や名前を答えるのに、そんなに躊躇(ちゅうちょ)する必要もないだろうというほどに。答えたくないからなのか、あるいは、出鱈目(でたらめ)な回答をとっさに考えているからか。

いずれにせよ、伊藤さん（仮）はなにかを隠している。

秘密を暴いて、真相を見抜いてやる。いまの僕はなぜか虫の居所が悪いんだ。容赦しないぞ。

僕が前のめりになってさらなる追及の言葉を発しようとしたそのとき、左から白い人差し指がのびてきた。

「えっ……」と僕が声を出したときには、人差し指が『三者』ボタンを押し込んでいた。

3

「お電話かわりました。県警通信指令課の君野です」

突如として通話に割り込んできた幼い女性の声に、伊藤さん（仮）は面食らったようだった。反応までに数秒かかる。

『あれ？　えっと、子ども？』

受話器を顔から離したのか、大丈夫かな、と言う声がやや遠い。

そういった反応は、いぶき先輩にとって慣れたものだ。

「子どもではありません。通信指令課所属の警察官です」

『そう……なんですか』

「はい。ここからは私がお話をうかがいます」

「どうしたの？」と、和田さんが声をかけてきた。指令台の向こうで怪訝そうに首をかしげている。

「なにがですか」

「なんか、怒ってない？」

「別に」と答える声がささくれているのは、自分でもわかっていた。

どうしていぶき先輩は、このタイミングで通話に割り込んできたのか。そりゃ、僕は頼りない。自分では通報にじゅうぶんな対応ができずに、いぶき先輩に助けてもらうことだって少なくない。

だけど、今回はちょっと早くないか？

僕は伊藤さん（仮）がなにかを隠しているのに気づいた。これから彼を厳しく追及し、真相を暴くつもりだった。

通話に割り込んできたということは、いぶき先輩は僕の通話をモニタリングしていた。ならば僕がこれからなにをしようとしていたか、気づいたはずだ。僕なんかにやらせるより、自分でやったほうが早いと思ったのかもしれないけど、手柄を横取りされたみたいで気分が悪い。彼女が手柄のために仕事をしているわけじゃないのは、わかっているけど。

僕の恨めしげな視線なんて気にするそぶりもなく、いぶき先輩は伊藤さん（仮）に語りかける。

「詳しいお話をうかがいたいので、フクイさんに替わっていただいてもよろしいですか」

『え、ああ……』

伊藤さん（仮）はなぜか躊躇している様子だったが、やがて気乗りしない様子で『わかりました』と応じた。

フクイさん、フクイさん、と、呼びかける声が聞こえる。そういえばこれは固定電話からの通報だった。電話機を持ったまま移動することができないのだ。

『耳が遠いんでしょうか。返事がありません』

ふむ、と一つ頷いたいぶき先輩が、不思議な質問をする。

「フクイさんは認知症なんですよね」

『たぶん、ですよ。たぶん』

たぶん認知症って変だよな。医者でもあるまいし。

「あなたがフクイさんに会うのは、今日が初めてだったのではありませんか」

虚を衝かれたような沈黙。

『そうです』

そんなわけがないと、僕は思う。だって伊藤さん（仮）は、ついさっき「よくこちらにお邪魔しております」とはっきり言っていた。

『私は前任者から担当を引き継ぎまして、今日初めてこちらにお邪魔しました。フクイさんとお会いするのも、今日が初めてです』

つっかえつっかえの弁解口調は、怪しさ満載だ。

ところがいぶき先輩は、その点には触れない。

「そうでしたか。フクイさんが認知症だと思ったそうですが、いったいどのようなところを見てそう感じたのですか」

『え……』と呟き、しばらく考えているようだった。

『この家に来たときから、おかしいなと思ったんです。家の前に落ち葉がものすごく積もっていて』

落ち葉が？

どういうことだろう。

『なんというか、掃除を怠った結果、積もってしまったというより、あえて集めたような感じでした。それが玄関の前に山になっていたんです』

玄関の前に落ち葉を集めて山を作る。たしかに妙だ。意味がわからないし、そんなことをしたら出入りの邪魔になるだけだ。

「ほかには、どういうところがおかしいと思われたんですか」

『訪問については、一時間前に電話して伝えていました。それなのにこちらにお邪魔してみたら、電話を受けたことすら覚えていらっしゃらない様子でした』

「それはおかしいですね」

『ええ。用件を伝えると思い出したみたいで、家にあげてくださいました。私は急いでいるし、長居するつもりもなかったのですが、なくしたキャッシュカードを見つけるまで少し待って欲しいと、そうおっしゃって。お茶を出してくださって』

「それで一一〇番に」

『そうなんです。部屋もかなり埃っぽくて、掃除もあまりできていないようですし、これは認知症かもしれないと。私の亡くなった祖母が認知症だったので、放っておけなくて』

伊藤さん（仮）の話を聞くうちに、僕の首をかしげる角度は深くなっていった。

カードの盗難は早とちりかもしれないが、もしかしてこの人、たんなるお節介な良い人なのか？

てっきりなにか悪いことをしていて、それを隠すために不自然な証言になっているとばかり思っていたが。

でもやっぱり、なにかがおかしい。上手く言語化できないけど。いぶき先輩には、この違和感の正体がわかっているのだろうか。だからこそ、『三者』ボタンで通話に割り込んできたのか。

僕は彼女の整った横顔を見つめる。

「通報ありがとうございます。ちなみに、フクイさんの外見を教えていただけますか」

『えっ？』と声を上げたのは、通報者だけではなかった。僕もだ。

意図がわからない。

だがいぶき先輩はかまわず質問を続ける。

「認知症を疑われるからには、高齢者ですよね」

『ええ。七十代ぐらいか、もしかしたらもっと上かもしれません』

「身長は？」

『腰が曲がっていたから正確な身長まではわかりませんけど、背は高くなかったです。小柄でした』

「小柄」と、いぶき先輩は自分の事案端末に情報を書き込んでいく。いったいなにをするつもりだ。

「小柄で、体形はどうでしたか。ふくよかなのか、痩せているのか」

『どっちかと言えば、丸い感じですかね。頬がふっくらしてやさしそうな笑顔が印象的でした』

あのー、と、伊藤さん（仮）がうかがうような声を出す。

『これっていったい、なにを？』

そうだよな。混乱するよな。疑問に思うよな。僕にもさっぱり意味がわからない。

けれどいぶき先輩は粛々と聴取を続けた。

「髪型はどんな感じですか」

『これ、なんなんですか』

伊藤さん（仮）は説明してもらえないことに不満を抱いたようだが、いぶき先輩が「急いでいるんです」と切り捨てる。

急いでいる？　どういうことだ。

「髪は黒く染めていましたか」

『いえ』気圧（けお）されたような、伊藤さん（仮）の声だった。『白かったです。ただ、ぜんぶ白いというわけでもなくて、半分ぐらいかな。白と黒のメッシュみたいになっていて、後ろでまとめてお団子にしていました』

「わかりました」

地図システム端末画面を見ると、パトカーがもうすぐ到着しそうだった。いつもなら、いぶき先輩はとっくに真相を見抜いているタイミングだけど。

いったい、どうなるんだ――？

するといぶき先輩は事案端末に驚くべき指示を記入した。

思わず声を上げそうになり、僕は自分の口を両手で塞ぐ。見間違いかと思い、いぶき先輩の事案端末画面を自分の事案端末に共有し、確認し直す。

間違いない。

でも……嘘だろ？

「伊藤さんに一つ、お願いがあるのですが」

『なんでしょう』

電話の向こうの通信司令員がなにを言い出すのかと身構えるのがわかる、緊張を孕んだ声だった。

「フクイさんを捜して、電話口に連れてきてくださいませんか」

『あ。はい』

なんだそんなことか、と拍子抜けした様子だった。

ことり、と受話器を置く音に続いて、足音が遠ざかる。

フクイさん。フクイさん。

ときおり、襖か障子を開け閉めする音や廊下を歩き回る音が聞こえてきた。

五分ほどして、声が戻ってくる。

『あの……見当たりません』

ざわり、と肌の粟立つ感覚があった。

いぶき先輩の推理は、当たっていた――。

『トイレにでも入っているのかも』

「違うと思います」

『え。じゃあ……』

なぜフクイさんが消えたのか。わけがわからずに伊藤さん（仮）は困惑しているようだ。

そのとき、現着した所轄署員からの連絡が入る。

半分ほど白髪になった髪を頭の後ろでお団子にした、腰の曲がったふくよかで小柄な女性の身柄を確保したという連絡だった。

4

『どど、どういうことですか』

フクイさんの身柄を確保したといういぶき先輩からの説明を受け、伊藤さん（仮）

は混乱を深めたようだった。それもそうだろう。僕もいまだに全貌がつかめない。

いったい、なにが起こっている？

「伊藤さんは、訪ねる家を間違えたんです」

いぶき先輩の言葉に、電話の向こうで息を呑む気配があった。

『でも、番地までしっかり確認して』

「そのあたりは、同一番地に複数の建物が建っています」

いぶき先輩の言葉に「そうだったのか」と僕は呟きを漏らした。

「たまにそういうところ、あるよな。交番勤務時代に、住所だけ聞いて訪ねたら同じ番地にいくつも建物があって、どこに行けばいいのか途方に暮れたことがある」

和田さんが懐かしそうに目を細める。

「もともと同じ所有者だった土地が分割して譲渡されたり、大きなお屋敷を取り壊して複数の集合住宅を建てたりすると、そういったことが起こるのです。自治体に申請して枝番をつけることもできますが、そこに住む世帯主全員の同意書が必要だったりと手続きが煩雑なので、申請されずにそのままという場合も少なくありません」

「なるほど。アパートやマンションだったら世帯の数が多いし、頻繁に入居者が入れ替わるから、世帯主全員の同意書を集めるのはかなり面倒だ」

いぶき先輩の解説を聞いて、和田さんは疑問が数年越しに解決したという顔だった。

僕も同じ思いだ。同一番地に複数の建物が存在するなんて混乱しか招かない。さっさと枝番で区分けしてしまえばいいと思っていたけれど、そう簡単にはいかない事情があるようだ。

『そうだったんだ……え、でも、なんで僕が家を間違えたって気づいたんですか』

「その答えは簡単です。その家の世帯主はフクイという苗字ではないからです」

僕は弾かれたように地図システム端末画面を見た。

世帯主の名前を隠すように赤い丸が点滅して見にくくなっているけど、少なくともフクイではない。その代わり、発信地点のすぐ裏手の家に〈福井治雄〉という名前が表示されていた。

いっきに顔が熱をもった。なんてことだ。こんなの、よく注意していれば警察官でなくても、通信指令課員でなくても気づく。

「まあまあ、しょうがないって。フクイさん家にいるって通報者が言うんだから、普通は疑わない」

和田さんは慰める口調だ。

それはそうなのだけど、でもいざ指摘されるとかなり恥ずかしい初歩的なミスだ。

『そうなんですか？』

相当驚いたらしく、伊藤さん（仮）の声はさっきまでより一オクターブほど高くなっている。

『じゃあ、フクイさん……いや、あのお婆ちゃんは？』

「おそらくは空き巣です」

いぶき先輩の明かした真相に、僕は声を上げそうになる。

「空き巣がたまたまその家に盗みに入ったタイミングで、伊藤さんが訪ねたのです」

『だからか。最初、チャイムを押してもなかなか出てこなかったんです。在宅して待ってくれていると聞かされていたし、中から人の気配がしたから、何度か鳴らしたら出てきてくれたんですけど』

「ええ。最初は居留守を使ってやり過ごそうとしたのかもしれません。けれども、伊藤さんがなかなか帰ってくれない。そこで一か八か、住人のふりをして応対してみることにしたのです」

『訪問は事前に連絡済みだったし、用件も伝えていた。なのにまったく話が通っていない様子でした。かみ合わなかったのは、そのせいなんですね』

「カード云々言われても、彼女には理解できるはずもありません。事前の電話連絡を受けたのは裏手の家に住む本物の福井さんだし、その家の住人でもない彼女には、カードがどこに保管されているかわかるはずもないのです」

あまりの会話のかみ合わなさに、伊藤さん（仮）は認知症を疑った。

……でも、それで一一〇番通報するか？　普通。

まあ、いい。話を聞こう。

「高齢の彼女には、窓から脱出したり、二階から飛び降りたりといった逃走はできません。正面玄関を突破するしかないのです。ですから住人のふりをして伊藤さんを家にあげた。そしてお茶を出して釘付けにしておき、カードを捜してくると言って部屋を後にする」

でも実際にはカードを捜すことはせず、こっそりと靴を履いて正面玄関から逃走した。

「だから落ち葉」

和田さんが腑に落ちた感じで人差し指を立てる。

「落ち葉……？」

玄関の前に積もっていたという、落ち葉。

「あっ」僕も気づいた。

いぶき先輩が通報者に種明かしする。

「玄関前に落ち葉が積もっていたのは、空き巣に入る際に不在を確認するためです」

そう。玄関の前に落ち葉を集めたのは、不在確認のため。住人が在宅しているなら、当然、掃除する。落ち葉が積もりっぱなしなら、その家は留守だ。長期出張、海外旅行、あるいは入院なども考えられる。

とにかく、なんらかの事情で本来の住人が長い期間留守にしているのだろう。長らく人の出入りがないから、埃っぽいのは当然だ。

『そういうことだったのか……』

伊藤さん（仮）は愕然とした様子だった。

その家の住人だと思い込んでいた相手が、実は空き巣だった。そんな真相を知らされたら驚くのも当然だ。同時に、いろいろと符合する点も浮かんできて、頭の中では猛スピードで答え合わせが行なわれているに違いない。

けれど、まだ最大の疑問が残っている。

伊藤さん（仮）の正体だ。

やまびこ銀行C支店の職員と自称しているけど、とてもそうは思えない。住人を装った空き巣の女がカードを捜すといって部屋を出て、おそらくそれほど時間が経っていないうちに、固定電話から一一〇番通報をするという行動も謎だ。

「一つ、おうかがいしても？」

『はい』

伊藤さん（仮）は、我に返ったようだった。

「最初に応対した職員に名乗られた、伊藤航、というお名前は、本名ですか」

すぐに返事はなかった。電話の向こうの彼は、息を震わせながらどう応じるべきか迷っているようだった。

『そうです。本名です。僕は伊藤航です』

意外だった。自己申告なのでまだ確定ではないが、伊藤さん（仮）から（仮）が外れた。

「えっ？」

「警察に電話して本名を名乗られたのは、自首するつもりだったからですか」

僕はいぶき先輩の横顔を見つめた。当然ながらそこに答えは書かれていない。きめの細かい白い頬が、かすかに上気しているだけだ。

「まあ、そういうことになるわな」

和田さんはすでに悟っているようだ。

なんで僕だけわからない。僕は自分の鈍さを呪いながら、和田さんのほうを見た。

「どういう事情があれど、銀行員が客の家を訪ねてキャッシュカードを要求するなんてありえないよ」

そうか。僕は思わず天を仰いだ。

その通りだ。真っ先に気づくべきだった。伊藤さんは最初から自らの罪を告白しようとしていた。けれど、たぶん怖かったんだ。だから僕にたいして銀行員だと自己紹介した。この家にキャッシュカードを引き取りに来たと説明した。察しのいい人間ならば、その時点で気づけた。

はたして、伊藤さんが予想通りの台詞を口にする。

『そうです。自首するつもりで電話しました。私は、特殊詐欺の受け子です』

5

伊藤航はずっしりと重い足取りで、スマートフォンに表示させた目的地への道のりを歩いていた。

角を曲がろうとしたときに、カーブミラーに自分の姿が映り込んでいるのに気づく。まったく銀行員に見えない。伸び放題だった髪の毛を散髪して綺麗に整え、量販店で購入したスーツで身を包んでみても、乱れた生活でやさぐれきった人間性は隠せないものなのだろう。

こんなんで成功するわけがない。

身体じゅうから集めたような盛大なため息が漏れる。まったく気乗りしないし、いっそこのまま逃げ出してしまいたいところだが、それができないのもわかっていた。

航には借金が八百万円あった。もっとも、そんなに借りた記憶はない。法外な利率で金を貸す闇金業者に手を出してしまい、利息が膨らんでそれだけの金額に達してしまったのだ。ただ、それも業者の言い値に過ぎなかった。航はいままでいくら返したのか覚えていないし、あとどれだけ返済し続けなければならないのかも、わからない。

　つくづく自分を馬鹿だと思う。後悔してもしきれない。

なんとなく大学に馴染めないでいた。そんなときに同じ講義を取っていて親しくなったのが、立花という男だった。立花は上昇志向のかたまりのような人間だった。

――このまま大学で学んで、就職活動をして、できる限りいい会社に入る。その時点で「搾取される側」を選択するってことに、みんな気づいてへんよな。安定収入を求めてサラリーマンになるなんて、「搾取する側」の洗脳や。だって経営者ってのは、サラリーマンじゃないんだから。

　立花は東北の出なのに、おかしな関西訛りで話した。そして航は立花の話にとても感銘を受けた。なんとなく大学に馴染めないと感じていたのは、それが理由だったのかと目から鱗が落ちる思いだった。大学は「搾取する側」が使い勝手の良い奴隷を養成するための機関だ。でも自分はそうなりたくない。人生の勝利者になりたい。

　だから立花に誘われ、ネットワークビジネスを始めるときにも、迷いはなかった。扱う商品は、有機農法で作ったお茶やコーヒー、化学繊維をいっさい使用しない下着や靴下などだ。航は見たこともないブランドだったが、それもそのはずで、マスコミを利用したコマーシャルはいっさい行わず、口コミだけでその魅力を広めているのだという。テレビや雑誌で頻繁に宣伝される商品の販売価格には、莫大な宣伝料が上乗せされている。しかし立花の扱う商品にはそれがない。本当にすぐれた商品で、利用者がその魅力を広げてくれるから、その必要がないのだという。

商品のお茶を飲んだらぜんそくが治まったとか、下着を身につけたらアトピーの症状が和らいだとか、そういった報告が相次いでいるらしい。ほとんど風邪すら引いたことがない航には実感できないので、商品のお茶を田舎の祖母に贈ってみた。すると、祖母からは持病のリウマチが楽になった気がするという反応があった。

いま思えば、祖母が気を遣ってくれただけだった。ネットワークビジネスのことを田舎の両親に話せば、怪しいとか地道に働けとか言われるに決まっている。だから航は、祖母に商品を贈ったのだった。幼いころから航に甘く、なんでも肯定してくれた祖母ならば、否定することはないとわかっていたから。背中を押してくれるとわかっていたから。

ネットワークビジネスで立花の上にいる女は外車を乗り回し、高級焼き肉をご馳走してくれた。歯がいらないのではと思えるほど軟らかい肉を嚙みながら、いつか自腹でこんな店を利用できるようになりたいと胸を躍らせた。両親を連れてきて驚かせたいし、祖母にもこの味を経験させたい。

ところが、思うように収益は上がらなかった。同級生やアルバイトの同僚などに連絡を取り、ビジネスに誘うのだが、数十万円のローンを組んでくれる者はいなかった。そもそも大学に馴染めていない航には、声をかけられる友達もほとんどいない。すぐにセールスのあてがなくなり、自宅アパートの狭い六畳間の床を埋め尽くす膨大な在庫だけが残った。

そんなとき、立花の高校の先輩だという人物から、新たなビジネスのスタートアップメンバーに誘われた。南洋の異国でエビの養殖を行なうというもので、立花の先輩から見せられた資料によれば、二年後には数億円規模の取り引きになる見込みだという。ただ、養殖の設備を整えるための初期投資が必要になる。いまはその投資を募っている段階だと説明された。

航は五十万円のローンを組んだ。自宅に在庫を抱えて身動きが取れなくなった自分とは違い、立花はネットワークビジネスで成功しているようだった。大学も辞め、芸能人が普通にいるようなパーティーにも参加しているらしい。その立花の紹介で、しかも高校の先輩ならば身元もたしかだし、信頼できるだろうと思った。

最初の配当が振り込まれたとき、直感は間違っていなかったと確信し、大学を辞めた。ついに自分も「あちら側」への切符を手に入れたと思った。商機を逃してはいけないと立花に説得され、三十万円の追加出資のローンにも判を押した。

だが、そこまでだった。それ以降配当はストップし、立花にも、その先輩にも連絡が取りにくくなった。たまに電話に出ても多忙を理由にすぐに切られ、その後は電話がつながらなくなる。

そんなとき、大学時代の同級生から連絡があった。立花に連絡が取れるなら教えて欲しいという。立花はその同級生から借金しているらしかった。同級生が言うには、立花に金を貸している学生は、ほかにもたくさんいるという。

目の前が真っ暗になった。なにもかもまやかしだった。偽物の成功に憧(あこが)れて、大学まで辞めてしまった。両親からはやめておけと忠告されたのだ。にもかかわらず、航はすべてをなげうった。そのうちそれ以上の成功を収め、両親を見返してやれると思っていた。

航にはなにもなかった。行動力も、決断力も、人脈も、専門知識も。あるのは借金と、効くのかどうかすら怪しい健康商品の在庫だけだ。

恥を忍んで両親に泣きつくか、それとも、祖母に頼み込むか。だがそもそも、土下座したところでない袖(そで)は振れない。航の実家はそれほど裕福ではなかった。航を大学にやるにあたり、母はスーパーのパートのシフトを増やしていた。息子を助けたくても助けるだけの経済力はないかもしれない。

迷っているうちに、祖母が病に倒れたという報(しら)せが届いた。治療にはかなりの費用がかかると電話で母から聞かされ、実家は頼れないと思った。

どうにかしなければ。そう思ってあがけばあがくほど、泥沼に嵌まっていった。金儲けの話に乗っては騙されるのを繰り返した。いまあらためて考えてみると、詐欺師たちの間でカモとして情報が共有されていたのだろう。でなければ説明がつかないほど、航のもとには怪しげな儲け話が転がり込んだ。そのたびに起死回生のチャンスだとばかりにすがりつき、傷口をさらに広げる大怪我を繰り返した。まともなところからは金を借りられなくなり、闇金業者を紹介されたのが運の尽きだった。

自分にあったのは「能力」でも「才能」でもなく、楽して成功したいという「欲望」だった。それしかなかった。いまではそのことに気づいている。だが気づくのが遅すぎた。時給千円のアルバイトを週七日で入れても利息すら返済できず、借金が膨らむいっぽうだ。

闇金業者の知り合いだという男を紹介され、特殊詐欺の受け子をやってみないかと誘われたのは、そんなときだった。

このところキャッシュカードの不正利用が相次いでいるため、新しいキャッシュカードへの切り替えを勧めている。ついてはこちらから行員を寄越すので、カードを渡して欲しい。その際に、四桁の暗証番号で本人確認を行ないます。

一人暮らしの老人宅にそういった内容の電話をかけ、行員を装った人物が訪問し、カードを回収、聞き出した暗証番号で預金を全額引き出すという手口だった。

これまでかかわってきたビジネスも怪しかったが、今回は紛れもない犯罪だ。しかも標的は、一人暮らしの老人。どうしても祖母を思い出してしまう。航のすべてを認めてくれたやさしい祖母は、二年前に亡くなっていた。以来、航は一度も実家に帰っていない。

最初は断った。だが、それならいますぐ借金を完済しろと脅された。いっそ警察に駆け込もうかとも考えたが、そもそもこうなった原因は自分にある。立ち止まり、引き返すポイントはいくらでもあったのに、ことごとく間違った選択をしたのは自分自身だった。

航は犯行に加担するのを了承した。

標的にはすでに電話連絡が済んでおり、行員がカードを回収に来るのを待っている。航は指定された住所を訪ね、四桁の暗証番号を聞き出し、カードを回収して帰ればいい。誰にでもできる簡単な仕事。

そのはずだった。

ところが、指定された住所に建つ一軒家のチャイムを鳴らしてみても、まったく反応がない。これから訪問する旨は伝えてあるらしいし、奥のほうで人影がうごめく気配がしたので、留守ということはなさそうだが。

それにしても、こんな暮らしぶりの老人から、なけなしの預金をむしり取るのか。玄関の前に堆く積もった落ち葉の山を見ながら、胸の内で膨らむ罪悪感が破裂しそうだった。

何度かチャイムを鳴らすうちに、ようやく引き戸が開いた。

現れたのは、丸くて福々しい印象の、小柄な老婆だった。

その時点で意表を突かれた。

標的となる一人暮らしの老人は、福井治雄という男性だったはずなのだ。

なのに、女性。

番地までしっかり確認したが、もしかして間違ったのだろうか。

航は玄関の周囲を見回しながら確認した。ポストにマーカーで家主の名前が書かれているが、字が薄れて読めない。

「こちら、福井さまのお宅でよろしかったでしょうか」

「そうですけど」

住人自身が認めるのなら間違いない。

「お世話になっております。やまびこ銀行C支店から参りました」

「はいはい。今日はどうしたの」

顔立ちはまったく似ていないのに、死んだ祖母の面影が重なったように感じたのは、航を全肯定してくれるかのような朗らかな笑顔のせいだろう。

「先ほど、うちの者から電話で連絡があったと思うのですが」

「そうでしたね」

電話については、話が通っているようだ。福井治雄は一人暮らしではなかったのだろうか。銀行からの電話を受けた後で、同居する妻に用件を伝え、自分は外出したとか。

「でしたらあの、よろしいですか」

キャッシュカードを、という意味の目配せだったのに、老婆は違う意味に受け取ったようだった。

「どうぞ。あがって」

「いや。あの、そんなに時間もないので」

「いいからいいから」

強引に家に上げられ、居間に案内されてしまった。

「キャッシュカードをお預かりするようにと、言付かっているのですが」

「キャッシュカード？　どこにやっちゃったかわからないのよね」

やはりおかしい。標的はすでにキャッシュカードを用意して待ってくれているという話だったはずだ。

「ちょっとお茶淹れるわね」
「おかまいなく」

そんなことより早くカードを。

だが老婆はさっさと部屋を出ていってしまった。

一人残された航は、所在なげに部屋の中を見回した。建物も家具も、全体的に古びていて、ごちゃついていて、そしてかなり埃っぽい。とても裕福だとは思えない、生活感あふれる部屋だった。かつて航は独り善がりな欲望に突き動かされ、勝利者を目指していた。そんな自分がもしも成功していたら、こういったつましい生活を営む人たちから、ささやかな幸福を奪い取ることになっていたのだろうか。

いや、いままさに奪い取ろうとしているのだ。航に成功の可能性がないだけで、人を騙して奪い取ろうとしている事実は変わらない。

止めなければ。でも、どうやって？

航が所持しているスマートフォンは、他人名義で契約されたいわゆる「飛ばし携帯」だ。監視アプリが仕込まれていて、航の現在地はもちろん、スマートフォンでどういった操作が行なわれているかも、一味に監視されている。

ならば、あれか――。

部屋の隅の棚の上に置かれた電話機に目を留めたとき、老婆が戻ってきた。

「はい。お茶どうぞ」

「ありがとうございます」

ちゃぶ台の上に置かれた湯呑みを手に取り、茶を啜った。

「どこに置いたかわからなくなっちゃったみたいだから、ちょっと時間かかるかもしれない。それ飲んでゆっくり待っててくれない」

「いや。あの、お電話を――」

お借りしてもいいですか。

航が言い終える前に「待ってて」と、老婆はふたたび部屋を出て行った。

やれやれ、と思う。

そのとき、スマートフォンが振動して飛び上がりそうになった。発信元は非通知になっているが、この電話番号を知っているのは特殊詐欺の一味だけだ。回収したカードを、駅前で待機する仲間に渡す手筈になっていた。時間がかかっているので不審に思われたようだ。

時間がない。

「あの、電話お借りしてもいいですか」

大きな声で呼びかけてみるが、返事はない。耳が遠いのかもしれない。

「借りますね」

今度は一方的に宣言して、受話器を手に取った。

プッシュホンのボタンを『1』、『1』まで押したところで、指の動きが止まる。次のボタンを押したら、すべてが終わる。脅されて加担したとはいえ、特殊詐欺グループの一員であるのは間違いない。自分も逮捕されるだろう。

そう考えると指先が震え、力が入らない。

だがこのままでは、自分が罪もない人の生活を壊してしまう。それでいいのか。あの朗らかな笑顔の老婆から、すべてを奪い去って、それでその後の人生でなにも考えずに生きていけると思うのか。

ふいに記憶が蘇った。

死んだ祖母にネットワークビジネスの商品を送りつけ、感想を求めて電話したときの会話だ。

――なんだか、リウマチが楽になった気がする。

――自然由来のものだけで作られているからね。身体に悪い材料は一つも使われていないんだ。

――そうなんか。それはいいことだね。

――おれ、頑張ってこの商品をたくさん売るよ。それでたくさん金稼いで、祖母ちゃんのこと温泉にでも連れてってやるから。

——ありがとう。たくさんの人が助かるね。航はやさしいね。自慢の孫だよ。

そうだった。こんな自分のことを、祖母は自慢だと言ってくれた。温泉に連れて行くよりも、たくさんの人を助けようとしていることを喜んでくれた。

嘘だったのに。本当はただ金が欲しくて、成功したくて、他人に認められたかっただけなのに。

いつの間にか視界が滲(にじ)んでいた。航はぎゅっと目を瞑(つぶ)り、涙を堪(こら)える。泣くにはまだ早い。

最後ぐらいは正しいことを。

祖母ちゃんの自慢の孫になるために。

航は『0』のボタンを押した。

受話口に呼び出し音が響いた。

CASE4　ひき逃げ犯は誰だ

1

「あら、早乙女くん。お疲れさま」

細谷さんがにっこりと笑って対面の椅子を引く。

「どうも。お疲れさまです」

いつも通りに挨拶したつもりだったのに、心配そうに首をかしげられた。

「どうしたの。大丈夫？」

「え。大丈夫ですけど」

「なんだか、元気がないみたい」

「そんなことないですよ」

「でも、食欲もなさそうだし」

そう言って、僕の皿を覗き込むしぐさをする。

食べかけのカレーは、まだ半分以上が残っていた。

僕は厨房のほうをうかがい、声の調子を落とした。

「今日のカレー、たぶん作るの失敗してます。味がしないんです」

「本当に？」

細谷さんが目を丸くする。彼女のトレイの上に載っているのも、カレーライスだった。

細谷さんがスプーンを手にし、自分のカレーを一口すくって口に運ぶ。斜め上を見ながら唇を動かした後で、拍子抜けしたように僕を見た。

「そんなことないと思うけど。いつもの味よ」

「そうですか。じゃあ、僕のだけかな」

「大鍋で作ってるから、そんなことないと思うけど」

少しだけごめんなさい、と、細谷さんが僕の皿からカレーをすくって食べる。そして眉をひそめた。

「やっぱりいつもと同じだけど」

「そうですか」

僕はあらためてカレーを食べてみる。言われてみれば、味自体はいつもと同じだ。ということは、おかしいのは僕のほうか。

「どうにも食欲が湧かなくて」

これから長い夜が待っている。しっかり食べてエネルギー補給しておかなければと思ったのだけど。

「もしかして、風邪でも引いたのかな」

僕は自分の額に手をあててみた。冷たい。熱はない。

「それは大変ね。食欲がない以外に、なにか症状はあるの？　だるいとか、くしゃみや鼻水、咳（せき）が出るとか」

「いや。それはないです」

「食欲がないなら、お腹が痛いとかは？」

「それもないです」僕は顔を横に振った。自分の胸に手をあてる。

「風邪じゃなくて、胃の調子が悪いのかな」

ふと顔を上げると、細谷さんが意味ありげに丸い目を細めていた。

「なんですか」

「それって、あれじゃないの？」

「あれって、なんですか」

「和田くんと君野さん」

なんでその名前が出てくるんだと頭では疑問に思ったのに、なぜか心臓をぎゅっとひねられたような痛みが走る。細谷さんの指摘は当たっているのだろうか。

「和田さんといぶき先輩が、どうしたんですか」

「またまた。とぼけちゃって」

「そういうわけじゃ……」

自分でもわからないから、細谷さんに教えて欲しかった。どうしてあの二人の名前を出されて、胸が痛くなったのか。それがなぜ食欲不振につながるのか。

細谷さんの見解はこうだ。

「和田くん、君野さんをデートに誘ってたでしょう。通報に対応中だったからはっきりとは聞いていなかったけど、クラシックコンサートのチケットがあるとかなんとか、ブラームスを演奏するだとか」

通報対応中にそこまで聞こえていればじゅうぶんだ。むしろよくそんな細かく聞いていたな。

「ええ」と僕は頷いた。あのときはなぜだか無性にイライラした。不愉快な感情の糸がもやもやと絡み合い、なかなかほどけないかたまりになっていた。

「だからかと思ったんだけど」

「だから？」

意味がわからずに首をかしげる僕に、細谷さんが信じられないという顔をする。

「早乙女くん。気づかないふりをしてるだけ？　それとも本当に気づいていないの？」

「なにがですか」

「違うならいいんだけど」

少し自信がなくなってきたらしく、細谷さんが肩を上下させる。

「てっきり、焼き餅かと」

「焼き餅……ですか。誰が、誰に？」

「ごめんなさい。私の誤解だったみたい。体調、心配ね」

細谷さんが自分のカレーをパクつき始めた。

本当に体調を気遣っているというより、面倒くさくなって無理やり話題を変えようとしただけに感じる。

焼き餅……か。

僕は細谷さんの言葉の意味を考えた。いままでの話の流れから考えると、僕が、いぶき先輩にたいして焼き餅をやいたと解釈するのが妥当だろう。というか、和田さん、いぶき先輩、僕の三人しか登場しないので、それ以外に解釈しようがない。

でも、だとすると、僕はいぶき先輩に好意を抱いていることになる。

僕が？

いぶき先輩に――？

「考えてみれば、早乙女くんにはミキちゃんがいるものね」

細谷さんがグラスの水を飲みながら言う。

すでに細谷さんの皿はほとんど空になっていた。

「いや。ミキさんは別に、そういうのじゃ」

「そうなの？　じゃあ、早乙女くんは誰のことが好きなの？」

「それは……」

考えたこともないからわからない。自分で自分がわからない。

「でも、ミキちゃんとはデートしていたみたいじゃないの」

「デートってわけでも……」

「非番日とか週休日に会ったりしてたんでしょう」

それがデートになるのだろうか。

「早乙女くんにぜんぜんその気がないのなら、あまり気を持たせるのも、かわいそうじゃないの？　彼女、この前の一件でまた早乙女くんに惚（ほ）れ直したんじゃない？」

ミキさんがひったくりに遭った話をしているのだろう。

「でもあれは、僕がなにかしたわけじゃないから」

「謎のヒーローだっけ」

ボタンダウンのシャツにジーンズ姿の、三十代半ばぐらいの精悍（せいかん）な顔立ちの男性。彼がいなかったらハンドバッグは持ち去られていた。ヒーローは彼だ。僕は警察に通報して事情聴取に協力しただけの、いわば傍観者に過ぎない。

「すごいわよね。とっさに犯人に飛びつくなんて、普通なかなかできるものじゃない」

「ええ。そう思います」

「即座にそんな動きができるってことは、もしかして非番の警察官とか、元警察官とか、自衛官とかじゃないかしら」

「わからないけど、身体つきはがっしりしていたし、格闘技経験はあるのかもしれないと思いました」

「良いわね。たくましい白馬の王子さまなんて、うらやましい……あ、でも、もちろん一番はうちの旦那（だんな）だけど」

相変わらず細谷家の夫婦仲は順調のようだ。

細谷さんののろけに愛想笑いで調子を合わせながら、僕は別のことを考えていた。

あのヒーローのことだ。

彼はどうして、躊躇（ちゅうちょ）なくひったくり犯に飛びかかることができたのか。

そしてなぜ、そそくさと逃げるようにあの場を立ち去ったのか。

勇気とか恐怖心とか、そういう話ではない。

彼がなぜ、ひったくり犯をひったくり犯と判断することができたのか、そして犯人に飛びかかるという判断を下すことができたのか、僕には不思議だった。

ミキさんが「泥棒」とか「捕まえて」などの声を上げたとしたら別だけど、彼女はあのとき、短い悲鳴を上げただけだった。僕も最初なにが起こったのかわからず、彼女が転んだぐらいにしか思わなかった。それなのに謎のヒーローは即座に反応し、全力疾走で逃げるひったくり犯に飛びついた。そしてミキさんの荷物を取り戻した後で、自らもその場を立ち去った。

たんに自分がなにもできなかったのを言い訳したいだけかもしれない。彼がやったのは紛れもない善行で、非難の余地など微塵もない。それが気に食わなくて、あら探しをしているだけなのかもしれない。僕が意地悪なだけかもしれない。

そう思いたいけど、やっぱり一抹の気持ち悪さを拭うことはできなかった。

2

がくん、となにかに乗り上げたような衝撃で、川辺泰志は目を覚ました。同時に、全身が凍りつくような感覚に襲われる。

急ブレーキに車体が大きく上下に揺れる。

バックミラーで後方を確認した。

E市の繁華街からやや離れた場所だった。

ロードサイドに飲食店や大型の小売店が建ち並ぶそれなりに賑(にぎ)やかな通りだが、午前二時をまわったこの時間の明かりといえば、街路灯と信号機ぐらいなものだ。片側二車線ずつの路上。ついいましがた、川辺の運転するトラックが通過した場所に、なにかが横たわっている。暗くてよく見えない。だがそうであって欲しくないという願いとは裏腹に、それは人間にしか見えなかった。

なんてことだ。

人を……撥(は)ねてしまった。

しかも居眠り運転の末に。

やばい。終わりだ。

運転席から降りて、横たわるかたまりに駆け寄った。

やっぱり人だ。間違いない。

一歩踏み出すごとに絶望的な気持ちが膨らんだ。せめて生きていてくれれば。

人影は道路にうつ伏せに倒れていた。髪の毛が半分ほど白くなった角刈り頭で、くたびれたブルゾンの男。川辺より一回りほど上ぐらいの年代だろうか。

「大丈夫ですか。大丈夫ですか」

声をかけながら、男の全身を観察する。暗くてはっきりとは見えないが、手足がおかしな方向に曲がっていたり、血だまりができていたりはしない。もちろん、だからといって安心はできない。明らかになにかに乗り上げる感触があった。あれは、この男を轢いたときのものだったのだろう。

川辺は地面に這いつくばるようにして、男を観察する。

男は左頬をアスファルトの地面につけ、目を閉じていた。

死んでいるのだろうか、と思ったそのとき、男の口が軽く開き、うう、とか細い呻きを漏らして、川辺は息を呑んだ。まだ息がある。生きている。

「きゅ……」救急車。そうだ、こういうときには救急車を呼ばなければ。

ようやくそこに思い至り、スマートフォンを取り出そうとした。が、見つからない。車内に置いてきたようだ。

「ちょっと待っててください」

川辺が立ち上がったそのとき、自動車が近づいてくるのに気づいた。

ハイビームにしているらしく、思わず両手で目もとを覆ってしまうほどの眩しさだ。

いかついSUVだったので勝手にドライバーは男だと思っていたのだが、川辺たちの手前で停車した車から降りてきたのは、女だった。三十歳手前ぐらいの女が、怯えたような顔で近づいてくる。

「すみません。救急――」

救急車を呼んで欲しいと頼もうとしたが、声をかぶせられた。

「ごめんなさい」

「へっ？」

「その人、私が撥ねたんです」

絶句した。

女が自分の胸に手をあてる。

「運転してる途中で、スマホにメッセージが届いたんです。本当は、いったん車を止めるべきだったんだけど、こんな時間だし、車も人もほとんど通っていないしと思って、走りながらスマホの画面を確認しました。そしたら、ガンッてなにかにぶつかったような衝撃があって、左のバックミラーがなくなっていて、後ろを確認したら人が倒れていました。怖くなってとっさに逃げちゃったんですけど、でもそれじゃよくないと思い直して、ぐるっと一周して戻ってきました」

そんな馬鹿な……。

自分が轢いたんじゃないのか？　なにかに乗り上げるような感覚が、間違いなくあった。

わけがわからないが、いまはそんなことを話している場合ではない。

「あの、救急車を呼んでくれませんか」

「わかりました」

女がスマートフォンを取り出そうとしたそのとき、今度は対向車線から新たな一台が登場した。

車を見た瞬間、川辺は「えっ?」と声を上げた。女も驚いたらしく、両手で自分の口を覆っている。

セダンタイプのその車は、フロントバンパーがひしゃげていた。明らかになにかに衝突したという感じだ。

そして運転席から降りてきた、二十歳そこそこぐらいの若い男も、女と同じ台詞(せりふ)を吐いたのだった。

「ごめんなさい。その人を撥ねたのは、僕です。怖くなって逃げ出してしまいました」

なにがどうなっている。

川辺はひき逃げ犯を自称する男女の顔を、交互に見た。

そして自分を指差す。

「私が轢いたと思ってたんだけど」

「でも、私……」

女は戸惑いながら自分のSUVを振り返り、若い男も「僕が……」と自分のセダンを指差す。

奇妙な沈黙が訪れた。

予想外の展開に、その場にいた全員が思考停止に陥ったのだった。

そのときだった。

「いてえぇぇぇっ！」

足もとから聞こえた悲鳴に、川辺は我に返った。

うつ伏せに倒れていた男が、腰に手をあて脚をばたつかせている。

「だだ、大丈夫ですか？」

「大丈夫なわけねえだろう！」

てっきり大怪我をしているとばかり思っていた相手が普通に立ち上がり、胸ぐらをつかんできたので、本気で心臓が止まりそうになった。

「うわっ！」

「きゃあっ！」

自称ひき逃げ犯の二人も、驚いて声を上げている。

「おめえ、おれのこと車で撥ねやがったな！」

「すみません」

川辺は反射的に謝ったが、自称ひき逃げ犯たちが否定する。

「違います。撥ねたのは私なんです……たぶん」

「いいえ。僕が撥ねました」

被害者の男は混乱した様子で周囲を見回した。説明を求める視線を向けられたが、それは無理な話だった。なにがどうなっているのか、川辺にも理解できない。

「こいつらがおれを撥ねた？」

「そうです」と二人が思い思いに頷く。

「ってことは、おめえは違う？」

「いいえ。私も、自分が轢いたと思っています」

「はあっ？」

被害者の男が顔を歪めた。その瞬間、強烈な匂いがして思わず顔を背けそうになる。どうやらかなり酔っている。倒れていたように見えたのも、もしかして酔い潰れていただけだろうか。

だが男には撥ねられた自覚がある。事故に遭ったのは間違いない。

「おまえらのうち、犯人は誰だ」

男は胡座をかいて座り、自分たちで決めてくれとばかりに、三人のひき逃げ犯候補を顎でしゃくった。

だが誰も口を開かない。そもそもなんと切り出していいのかも、わからなかった。

川辺は交通事故の加害者になったはずだった。けれどほかに二人、加害者だと名乗りを上げた人物がいる。犯人は自分ですから、あなた方はどうぞお引き取りくださいというのも、おかしな話だ。あわよくば罪を免れたいという色気だってある。なにかの間違いで自分は事故など起こしていなかったとなるのなら、それはそれでありがたい。だがそれはほかの二人も同じだろう。自分が交通事故の加害者だと思っているが、それが思い過ごしならばいいのにと考えている。

「あ、でも」と女がおもむろに口を開く。

「お二人のうちどちらかが撥ねたとおっしゃるなら、私は……」

「そういう問題じゃねえんだよ！　じゃあおまえは、なんでここにいる。おまえが撥ねたのはなんだ」

被害者に恫喝され、黙り込んでしまった。

「こうなったらおまえら全員、警察に突き出してやる。誰が本当の犯人なのか、誰が本当のことを言ってて誰が嘘つきなのか、警察に調べてもらえばはっきりするだろう」

男はズボンの尻ポケットからスマートフォンを取り出した。

液晶画面に蜘蛛の巣のようなヒビが走っている。

「なんだよ。割れちまってるじゃないか。犯人がわかったらこれも弁償させてやるからな」

男はスマートフォンの画面を三人に見せつけるようにした後で、警察に電話をかけ始めた。

3

「お先に仮眠いただくわね」

細谷さんがあくびをしながら指令台から立ち上がる。

ちょうど通報に対応中だった僕は、軽い目礼を返した。電話の向こうでは、アパートの隣室のカップルの喘ぎ声がうるさくて眠れないという通報者が、不満をまくし立てている。

「お腹、大丈夫？」

席を立ちながら、細谷さんは心配そうな顔で自分のお腹に手をあてた。僕が食堂で夕食のカレーライスを半分ほど残してしまったのを、気にかけてくれているらしい。

人差し指と親指で輪っかを作り、大丈夫ですと伝えると、細谷さんは「ならいいけど。もし具合悪くなったらすぐにほかの人に言うのよ」と言い残し、通信指令室を出ていった。

地図システム端末画面を確認すると、パトカーが現場に到着するところだった。後の処理は臨場した所轄署員に任せ、通話を終える。

頰を膨らませてふうと息を吐き、目頭を揉む。

深夜二時をまわったところだった。当直勤務終了まであと七時間ほど。ひっきりなしだった通報も落ち着き、職員も交代で仮眠を取り始めるこの時間帯の通信指令室は、室内を動き回る職員の歩く速度もやや落ちてきて、その数自体も少なくなる。直前に一日でもっとも通報が集中する殺人的に忙しい時間帯があるだけに、ピークを乗り切った充実感とともに、祭りの後のような一抹の寂しさも漂っていた。

「お腹の具合が悪いんですか」

左から声がした。

いぶき先輩がクロスワード雑誌を指令台の上に開いている。

「いえ。別に。たいしたことないです」

そう答える僕の声は、たぶん少しだけ弾んでいた。ずっといぶき先輩の態度がよそよそしいと感じていた。話しかけるなオーラがすごすぎて、僕から声をかけるなんてとてもできなかったのだ。

そのいぶき先輩が、僕を心配してくれている。

そう思ったのだが――。

こちらを向いた先輩の顔は、眉根を寄せ、口角が下がった不機嫌そうな顔だった。

なんで？

「そうですよね。私なんかに心配される筋合いはありませんよね」

そういうことか。細谷さんには話したのに、自分には話してくれないとへそを曲げているようだ。

「そういうつもりではないんですけど」

――てっきり、焼き餅かと。

僕の食欲不振の原因は、いぶき先輩に妬いているからだと、細谷さんは指摘した。最初は意味がわからなかった。僕が嫉妬するということは、いぶき先輩にたいする恋愛感情が前提にある。そんなのはおかしい。いぶき先輩は職場の同僚であり、尊敬できる先輩だ。

でもよく考えてみて、思った。

恋愛感情……あるのか？

もしかして僕は、いぶき先輩のことが好きなのか？

同僚とか先輩とかではなく、異性として。

「けど、なんですか」

いぶき先輩の機嫌を直したいけど、言えない。

食欲がなくて夕食のカレーを残してしまったんです。そして食欲不振の原因は、どうやらあなたみたいです、なんて。

でも和田さんなら普通に言うか。

そう考えると、胸がちくりと痛んだ。

「もういいです。余計なお世話でした。早乙女くんには素敵な彼女さんがいるし、私なんかが心配する必要はありませんよね」

いぶき先輩はぷいと顔を背けた。

「ミキさんは彼女とかそういうのじゃ――」

「じゃあ、どういうのなんですか。休みの日にこそこそデートしてたんですよね」

「デートじゃありません。食事の誘いが来て、たまたまスケジュールが空いていたから会っただけです」

「それじゃ、早乙女くんはたまたまスケジュールが空いていれば、どんな相手とでも食事に行っちゃうような人ってことですか」

「食事くらいかまわないでしょう。それに、なんでこそこそしてるなんて言われなきゃいけないんですか。悪いことしてるわけじゃないし、いぶき先輩にいちいち報告する義務なんてありませんよね」

「そうでした。私には早乙女くんのプライベートに干渉する権利なんてありませんね。

お休みの日に早乙女くんが誰となにをしようが勝手です。すみませんでした」

「別に謝って欲しいなんて思ってません」

「ごめんなさい。私が悪うございました。これでいいんでしょう」

謝罪というより挑発だ。さすがにカチンときた。

「自分だって、和田さんとデートするくせに」

いぶき先輩の顔色がさっと変わった。

これから人でも殺すんじゃないかと思えるような剣幕に、ひゅっと胃が持ち上がる。

いぶき先輩がどうしてこんな顔をするのかわからないけど、自分が地雷を踏んでしまったらしいことだけはわかる。

だから警告灯が緑に光ったのは、好都合だった。

素早く『受信』ボタンを押して応答する。

「はい。Z県警一一〇番です。事件ですか。事故ですか」

左のこめかみに突き刺さるような視線には、気づかないふりをする。

『事故だ！　ひき逃げされた！』

音が割れるほど大きな声に、僕はビクッと両肩を跳ね上げた。

「ひき逃げですか」

『そうだ！　犯人と一緒にいる！　早くパトカーを寄越(よこ)してくれ！』

いてててて、と、やや芝居がかったような悲鳴。

ひき逃げ「された」と言った？ ということは、通報者は被害者なのだろう。痛がっているわりに、意識は鮮明なようだ。というか、ひき逃げの犯人と一緒にいるらしいけど、自分で捕まえたのだろうか。ひき逃げに遭ったものの怪我自体は軽かったので、追跡して犯人を自分の手で捕まえた？

わけがわからない。詳しく話を聞いてみる必要がありそうだ。

「被害者、の方ですか」

『当たり前だ！ おれが犯人に見えるか！』

怒鳴りつけられた。

当たり前だ、なんて言うけど、電話越しなので犯人に「見える」ことはないし、ひき逃げ事件の被害者が自分で通報してくるなんて、あまり聞いたことがない。

そんなふうに揚げ足を取ってもしかたがないので、冷静に聴取を続ける公僕の鑑。

「お身体は大丈夫ですか。救急車はもう？」

『救急車はまだだ。腰が痛くてかなわん』

あいてて、とまたも芝居がかった悲鳴。本当に怪我しているのか疑わしくなるが、ひき逃げに遭ったのが事実なら、目立った外傷はなくても検査したほうがいい。

僕がタッチペンで事案端末に『119にTEL』と記入した。これで後方の無線指令台から、消防に通報がいくはずだ。

「それではこちらで救急車を要請します。いまあなたがいらっしゃるだいたいの場所はわかっているのですが、事故現場もそのあたりでしょうか」

地図システム端末画面を確認する。

県中西部のE市の、中心部からやや離れた県道。周辺には大型店舗が建ち並んでいるようだ。典型的な地方の郊外の景色が思い浮かんだ。その片側二車線道路の緩やかにカーブするあたりに、赤い丸が光っていた。

『そうだ。犯人たちの車も止まってる』

「わかりました」

現在地の住居表示は通報者にはわからないだろうから、GPSの発信地点を目的地として、警察消防に向かってもらうことにする。

――と、僕はタッチペンを動かす手を止めた。

「犯人たち、とおっしゃいました？」

被害者自ら身柄を確保したようだから、てっきり相手も一人だとばかり思っていたけど、違うのか。

『そうだ。犯人たちというか、犯人候補たち、だな。こいつらのうち、誰がおれをひき逃げしたのか突き止めて欲しい』

「犯人候補……?」

混乱してきた。これは思ったより面倒な事案かもしれない。

詳しく話を聞いてみたところ、概要はこうだ。

被害者の名前は内藤力也(ないとうりきや)さん。六十七歳、無職。現場から三十分ほど歩いたところにある一軒家に住んでいるという。

内藤さんは、ロードサイドのカラオケボックスで仲間たちと盛り上がった帰り道だった。行きは自分の車で出かけたものの、カラオケボックスでしこたま酒を飲んでしまい、運転して帰ることができなくなったそうだ。

『おれは平気だって言ったんだけど、危ないから代行呼んだほうがいいって、仲間が言うんだ。だからふざけんな、代行なんかに金払うんだったら、歩いて帰るわっつって出てきたんだ』

なるほど。やたらと声が大きいし、ろれつも怪しいと思っていたが、通報者はどうやら酒に酔っていたらしい。

そんなことより、その口ぶり。飲酒運転の常習犯じゃないか? と思ったけど、今回の被害者は内藤さんなのだ。ものすごく引っかかったけど、いま追及すべきはそこではない。続きを聞くことにした。

自宅に向かって意気揚々と歩いていた内藤さんだったが、現場近くに差しかかったとき、前方から二つのヘッドライトが近づいてくるのに気づいた。

内藤さんはそう説明したけど、それって車道に飛び出していたってことじゃないか。深夜に酔っ払いが路上に飛び出してきたのなら、加害者となるドライバーにも多分に同情の余地がある。それに声を聞く限り、内藤さんは元気そうだ。自動車と接触したにしても、それほど大きな事故ではなかったのでは。

ともかく車に撥ねられた内藤さんは転倒し、なんとそのまましばらく眠ってしまった。本人は気を失っていたと主張しているけど、たぶん違う。寝ていただけだ。

そして気づくと三人の男女が、心配そうに自分を覗き込んでいたという。

周囲には男女が乗っていた三台の車が停車しており、三人が三人とも、内藤さんを撥ねたのは自分だと主張しているらしい。

『な。わけがわかんねえだろう？　だからこれはもう、三人とも犯人として突き出して、警察に白黒決めてもらおうと思ったんだ』

「そうだったんですね」

ははあ、と感心しながら、僕は横目で左隣をうかがっていた。このまま所轄署員の現着を待って捜査してもらってもかまわないけど、これは間違いなく、いぶき先輩好みの事案だと思った。

いま、いぶき先輩はおそらく謎解きに参加したくて、『三者』ボタンを押したくてうずうずしているに違いない。

彼女は自分の指令台に向かい、じっと一点を見つめて物思いに耽（ふけ）っているようだった。いま現在通報への対応はしておらず、手が空いている。

ぜったいに僕の通報をモニタリングしていると、確信した。いかにもこちらには注意を払っていない体を装っているけど、脚がいまにも立ち上がりたそうにピクピク動いている。

少し険悪な感じのまま僕が通報対応に入ってしまったため、気まずいのだろう。本心では通話に介入したくてしょうがないに違いない。

本当に意地っ張りな、困った人だ。

僕はいぶき先輩が謎解きに参加できるよう、一計を案じた。

脇腹を押さえ、顔を歪（ゆが）めて苦悶（くもん）を表現する。それから「いててて」と口だけを動かした。

いぶき先輩が横目で僕を見る。最初はひややかだったその目つきが、次第に僕の身を案じるような感じに変わってくる。

僕は人差し指をくるくる回し、小声で言った。

「お腹痛いんで、替わってもらっていいですか」

いぶき先輩はこくりと頷（うなず）き、立ち上がって僕の指令台の『三者』ボタンを押した。

なんだかんだ言って、いぶき先輩は困っている人を放っておけない、やさしい人だ。そしてとても騙されやすい人でもある。

4

「お電話かわりました。Z県警通信指令課の君野です」

電話の向こうで戸惑うような沈黙があった。

『なんだと？』

「ここからは私が対応します」

『わけがわからんな。まあいい。誰でもいいからさっさと警官を寄越してくれ』

「すでに近隣の警察署からパトカーが向かっています。救急車も手配済みです。どちらも五分ほどで到着すると思います」

『そうか。じゃあ、このままここで待っていればいいんだな』

「到着後、円滑に捜査を進めるために、パトカーが到着するまでお話をうかがいたいのですが」

『かまわないぞ。なんでも訊いてくれ』

「内藤さんについては、すでに証言をいただいたので、できればほかの三人の方に電話を替わっていただけますか」

内藤さんはあっさりと承諾した。

『わかった。電話で話をさせたほうが、変な気を起こして逃げ出すってこともないだろう。おい、おまえら。警察が話を聞きたいそうだ』

後半は犯人候補の三人に向かって呼びかけたのだろう。誰からだ、誰でもいいぞ。内藤さんの声が遠くに聞こえ、やがて女性が電話に出た。

『もしもし』

「Z県警通信指令課の君野です」

『ハカマダ、といいます』

ハカマダさんは袴田好美という名前らしい。大好きなバンドのコンサートを見るために東京に出かけ、終演後に同じコンサートを観賞したファン同士の集まりに参加した後で、帰宅する途中だった。

『いけないことだとはわかっていたんですけど、走りながらスマホを見ていたんです。一緒にライブを観た友人たちからメッセージが頻繁に届いて、私も余韻に浸っていたから興奮が冷めやらなくて……夜遅いし、車の通りもほとんどないし、事故ることなんてないだろうと高を括っていました。いまは本当に後悔しています』

洟を啜る音が聞こえる。実際に内藤さんを撥ねたのかは定かでないけど、少なくとも袴田さんは嘘をついていなそうだし、心から後悔しているように思えた。

「事故を起こしたときの状況を話していただけますか」

いぶき先輩が冷静に聴取を続ける。

私が起こした事故かはわからないんですけどと前置きし、袴田さんは話し始めた。

『友人から届いたメッセージをスマホで確認しようとして、一瞬、進行方向から目を離してしまいました。言いにくいのですが、制限速度の六〇キロを少しオーバーしていたと思います。そのとき、ガンッとなにかにぶつかったような音がして、顔を上げました。道が緩やかに右にカーブしていたのに気づかなかったみたいで、片側二車線の右側を走っていたつもりが、左車線に移っていました。それだけでなく、左のバックミラーが取れていたんです。左に寄りすぎて電柱にでもぶつけてしまったのかと思い、車を止めて様子を見に戻ろうとしました。そしたら、道に誰かが倒れているのが見えて……私がぶつけたのは電柱じゃなくて人だったんだ。私は人を撥ねてしまったんだと思いました。すぐに救急車を呼ばなければと思ったんですが、そうすれば、私は警察に捕まってしまいます。もしかしたら多額の賠償金を支払わなければならなくなって、大好きなバンドのライブに行けなくなるかもしれない。それどころか、刑務所に入らなければいけなくなるんじゃないか。そしたらいまの職場にもいられないだろうし、どうやって生きていったらいいんだろう……そんなふうにいろいろ考えたら、すごく怖くなってしまって……』

「逃げてしまったんですね」

『そうです。でも少し走ったところで、やっぱりそれじゃいけないと思い直して、ぐるっと回って現場に戻ってきました。そしたらトラックが止まっていて、倒れている人を心配そうに覗き込んでいる人がいて』

「それはいま一緒にいらっしゃる方ですか」

『そうです。替わりますか。あ、でももう一人の若い男性のほうが近くにいるんですけど』

「どのみち両方にお話をうかがうつもりなので、どちらでもかまいません。替わっていただけますか」

『わかりました』

「ちょっと待って」

いぶき先輩が思い出したように、袴田さんを呼び戻す。

『なんでしょう』

「破損したのは、左のバックミラーだけですか」

『細かいところまで調べていないし、いまも暗いのでよく観察できないのですが、ぱっと見たところ、ほかには壊れたり、傷がついたりといったことはなさそうです』

「ちなみに車種は」

袴田さんが答えたのは、最近人気のSUVの名前だった。偏見かもしれないけど、意外とゴッい車に乗るなと、僕は思った。

「ありがとうございます。それでは、ほかの方に替わっていただけますか」

『わかりました』

気配が遠ざかる。

しばらくして『もしもし』と、気の弱そうな若い男性の声がした。

「Z県警通信指令課の君野です」

『よ、よろしくお願いします』

「まずはお名前をうかがえますか」

『スガです。スガタケシ』

漢字では須賀剛史と書くようだ。

須賀さんはE市の中心部に近い場所に、アパートを借りて一人暮らしをしているという。夜中に小腹が空いたのでコンビニエンスストアに出かけようとしたときに現場を通過し、内藤さんを撥ねた。

『煙草を吸いながら運転していて、火種ごと太腿の上に落ちたんです。慌てて手で払ったら今度はそれがシートの上に落ちて、焦げてしまうと思って急いで手で叩いて消そうとしました。そのとき、完全に前方不注意の状況に陥ってしまって、どんっ、と衝撃を感じました。確認はしなかったけど、なにかを撥ねたというのは、即座に悟りました。だから怖くなって、車を止めて確認することもせずに自宅に帰りました。月極駐車場に車を入れてから、初めて自分の車がどうなっているのかを確認したんです。フロントバンパーが完全にひしゃげて、外れそうになっていました。それを見たとき、自分のやったことの重大さに気づいたんです。もしも被害者の方が生命にかかわる大怪我をしていて、僕が逃げたことによって亡くなったりしたら、かりに逮捕されずに逃げ切れたとしても、そんな秘密を背負って生きていけない。そう思ったから、現場に戻ることにしました』

「現場に戻ったとき、どうなっていましたか」

『被害者の方の倒れている場所を挟むように、前にトラック、後ろにＳＵＶが止まっていました。そして被害者の方の近くに、男性と女性がいました。二人とも、倒れた男性を心配しているようでした』

「あなたの車は、対向車線に止めてあるのですか」

『そうです。男性を撥ねた後、怖くなって逃げ出し、引き返してきましたから』

「内藤さんは、片側二車線の車道に倒れていた」

『はい。左側、ですね。二車線のうちの左側に、いまは胡座をかいています』

内藤さんは片側二車線道路の車道に飛び出し、そこで撥ねられた。いま胡座をかいているというあたりが、接触した現場だろうか。自分では腰が痛いと訴えているものの、かなり元気な様子だし、接触自体はかすった程度のように思える。

事故現場の前方の車道にはトラックが、後方にはＳＵＶが停車している。そして反対車線に須賀さんの車。

いぶき先輩はタッチペンを手に、事案端末上で現在の事故現場の図を描いていた。図に須賀さんの車と思われる四角形を描き込み、訊ねる。

「須賀さんの車の車種はなんですか」

須賀さんが答えた車種は、スポーツセダンの名前だった。かつて走り屋を主人公にした漫画の主人公が乗っていたのと同じものだ。

いぶき先輩が電話を替わるように要求し、須賀さんから、もっと年齢を重ねた雰囲気の声の持ち主に替わった。

川辺泰志さんという、トラックドライバーの男性だった。

曰く、居眠り運転をしてしまい、なにかに乗り上げた感触があって驚いて目が覚めた。バックミラーで後方を確認したところ、路上に人が倒れているのに気づき、慌てて車を降りて駆け寄った。

被害者は片側二車線の左車線中央あたりに、車の進行方向とは逆のほうを頭にして、うつ伏せに倒れていた。何度か声をかけてみたものの反応がなく、救急車を呼ぼうとしたが、スマートフォンを車に置いてきたことに気づいた。そのとき、SUVが近づいてきた。SUVから降りてきたのは、もちろん袴田さんだ。川辺さんは袴田さんに、消防に通報してくれるよう頼もうとした。だが袴田さんはいきなり謝ってきた。被害者を車で撥ねたのは、自分だという。川辺さんが混乱しているところに、今度は対向車線からスポーツタイプの車が走ってきて、止まった。そして車から降りてきた須賀さんも、自分が内藤さんを撥ねたと告白してきたのだった。その直後、内藤さんが目を覚まし、警察に電話することになったという。内藤さんはしたたかに酔っており、事故に遭ったときの記憶が曖昧だ。何時ごろだったのかもはっきりしないし、目撃したのも、暗闇に浮かぶ二つの光る眼だけ。

三人の証言を聞き終えて、僕は余計にわけがわからなくなった。

交通事故に遭った被害者が、後続車にもう一度轢かれたり、撥ねられたりするケースは少なくない。だが内藤さんの怪我は軽そうだし、複数回の事故に遭ったとは到底思えない。

交通事故加害者だと名乗りを上げた人物が三人もいて、内藤さんも事故に遭ったと主張しているので、事故そのものがなかったというのは考えにくい。

問題は三人のうち、誰が本物の加害者かだ。僕には三人とも、嘘を言っているようには思えなかった。でも少なくとも、三人のうちの二人は嘘をついている。

なぜ嘘をつく必要がある？

加害者でないという嘘なら理解できる。誰だって事故の加害者にはなりたくない。けれど今回のケースでは、三人とも自分が加害者だと主張しているのだ。内藤さんの様子から、それほど重い罪にもならなそうだが、それだって病院で精密検査を受けてみないとわからない。傍目にはピンピンしていた交通事故被害者が、実は脳に損傷を受けていて後に急変し、亡くなるということだってありえるのだ。得することなど一つもないのに、加害者になりたがる意味がわからない。

正直なところ、僕にはお手上げだ。

けれど、いぶき先輩は違う。

川辺さんからの話を聞き終えた先輩は、自分の推理が正しいのを確認するように、こくりと頷いた。

遠くにはかすかに救急車のサイレンが聞こえている。現着は消防が先のようだ。警察もほどなくやってくるだろう。

「お話、ありがとうございました。もう一度、須賀さんに替わっていただけますか」

『スガ……？』

いまこの現場が初対面という面々だ。名前ではピンと来ないらしい。

「スポーツセダンに乗っていた、若い男性です」

『ああ。あの人か』

あなたと話したいそうですよ、と川辺さんの声が聞こえ、須賀さんがふたたび電話に出た。

『もしもし……』

いぶき先輩にもう一度呼ばれたということは、この人が本物の加害者だろうか。

5

「たびたびすみません。あらためてもう一度お話をうかがいたいと思いまして」

いぶき先輩の言葉に、恐縮したような声が返ってくる。

『いえ。なにがどうなっているのか僕にもさっぱりわからないし、僕がひき逃げしたのを証明するためにできることがあればなんでもするつもりです』

自分がひき逃げしたのを証明したいなんて、まともな人の台詞(せりふ)とは思えない。

「三人の方からそれぞれ話をうかがった感触だと、須賀さんがもっとも犯人に近い存在だという印象を受けました」

『本当ですか？』って、そこは声を弾ませるところでもないと思うけど。状況があまりに異常すぎて、当事者たちの感覚も少し狂ってしまっているのかもしれない。

『ちなみに、どういう理由で私を選んでくださったのですか』

なんかもはや主旨が変わってないか？

「車種です」

『車種……ですか』

「はい。ほかの二人はトラックとSUVという比較的車高のある車種なのにたいし、須賀さんは車高の低いスポーツセダンでした」

車種というより車高か。ほかの二人の車の車高は高くて、須賀さんの車の車高は低い。

それがいったい、事故になんの関係が……？

ふいに閃きが弾け、僕は声を上げそうになった。

ほかの二人は、地面に寝そべっている内藤さんの上を走り抜けた……？

内藤さんは走行車線の車両の進行方向とは反対側に頭を向け、うつ伏せに倒れていた。車高のある車種ならば、内藤さんと接触することなくその上を通過できたのではないか。トラックとSUVにはそれが可能だ。反対に車高の低いスポーツセダンでは、地面に横たわっているのが小さな子どもであったとしても、接触せずに通過するのは難しい。

三人の話を聞く限りだと、まずトラック運転手の川辺さんが内藤さんに気づいて声をかけ、そこにひき逃げを悔いたSUVの袴田さん、スポーツセダンの須賀さんが戻ってきている。だが現場を通過した順番はまったく逆だと考えられる。事故を起こした後いったん自宅まで戻った須賀さんが最初に通過し、次いで、周辺をぐるりと一周するかたちで現場に戻ってきた袴田さん、最後に川辺さんだ。

内藤さんを撥ねたのは、須賀さんのスポーツセダンだった。接触自体はごく軽いものだったのだろう。撥ねられた内藤さんは転倒し、気を失うというより酔い潰れるのに近い状態で眠ってしまう。たまたま道路にたいして並行で、体勢も横向きとかではなく完全なうつぶせ寝であったのが幸いした。

その後、内藤さんの上を通過した袴田さんは、自分が内藤さんを撥ねてしまったのだと思い込み、一度は現場から逃走してしまう。

そしてほどなく現場を通過した川辺さんもまた、自分が内藤さんを撥ねたと勘違いした。

だけど待てよ。かりにそうだとしても、袴田さんと川辺さんがなにかに接触したのは間違いない。それがなければ、二人とも自分が交通事故加害者と思い込むことはなかった。

「トラックが止まっている後輪の付近に、破片のようなものが散らばっていませんか」

『破片、ですか』

いぶき先輩の指摘を確認しようと、須賀さんは移動したようだ。小走りの足音と弾んだ息遣いが聞こえる。

『言われてみれば、なにか散らばっているのが見えます』

「その近くに電柱は？」

『ありますあります』

「そうですか」

いぶき先輩はふうと息を吐き、種明かしをする。

「スマホを見ながら運転をしていた袴田さんは、内藤さんの上を通過した後、ハンドル操作を誤って左側の電柱に接触してしまったのだと思います。ご自身も最初はそう思ったものの、ルームミラーを確認したところ、内藤さんが倒れているのが目に入り、人を撥ねたと勘違いしてしまったのです」

袴田さん自身も、電柱に接触したと思ったと語っていた。その認識は誤りではなかったのだ。

そして次に現場を通過するのがトラックの川辺さんだ。川辺さんもなにかに乗り上げた感覚があったと語っていた。それについては、どう説明するのか。

『女性の方がなぜ自分が事故を起こしたと思い込んだのかは、理解しました。では、トラックを運転していた男性のほうはどうなのでしょう』

まるで須賀さんに気持ちが通じたかのように、僕の抱いた疑問を代弁してくれる。

「単純な話です。袴田さんの車は電柱に接触し、左のバックミラーが取れていました」

僕は息を呑んだ。

『トラックがなにかに乗り上げたように感じたのは、地面に落ちていたバックミラーだったということですね』

「そうです。袴田さんと川辺さんは、地面に倒れていた内藤さんの上を通過しただけで、接触していないのではと推測しました。二人が内藤さんに接触したと勘違いした説明もつくし、二人の車は車高も高い。というわけで消去法により、須賀さんがもっとも疑わしい存在になります」

『わかりました。僕の言うことを、信じてくれるんですね』

弾んだ声で言うことじゃないと思うけど、須賀さんは喜んでいる。

ところが――。

「いいえ。信じません」

いぶき先輩の言葉に、僕は眉をひそめた。

『どうしてですか。ほかの二人は犯人じゃないんですよね』

「私はそう考えています」

『ならどうして――』

「私は、須賀さんがもっとも疑わしい存在になると申し上げただけで、事故の加害者だと断定はしていません」

『ほかの二人が犯人でないのなら、僕が犯人ってことになるでしょう』

またもや話の流れがおかしなことになってきた。普通は犯人じゃないことを信じてもらおうとするのに、自分が犯人だと力説している。

「須賀さんは犯人ではないと思います」

『なにを根拠に――』

「車の破損具合です」

電話の向こうで絶句する気配があった。

いぶき先輩が畳みかける。

「須賀さんの車は車高の低いスポーツセダンです。その車のフロントバンパーがひしゃげて、外れそうになっていたとおっしゃいましたね」

『え、ええ……』

「車道を横切ろうとする通行人を車で撥ねるとき、スポーツセダンだと最初に通行人の脚に接触することになります。そういうかたちで接触した場合、撥ねられた人間の身体はどうなると思われますか」

しばらく考えるような間を置いて、須賀さんが口を開く。

『弾き飛ばされる』

自信がなさそうに語尾が萎(しぼ)んでいた。

「大型トラックのようにフロントパネルが大きく、全身に衝撃が加わるのなら、そうかもしれません。しかし今回の場合、事故を起こしたと主張されているのは車高の低いスポーツセダンです」

「あっ」いぶき先輩の言わんとすることがわかった。

車高の低い車で通行人に接触した場合、通行人の脚をなぎ払うかたちになり、フロントガラスに倒れ込む。

おそらく須賀さんも察したのだろう。電話の向こうで押し黙っている。

「ですが須賀さんは、どん、と衝撃を感じて、なにかを撥ねたことはわかった……とおっしゃいました。撥ねられた被害者はフロントガラスにぶつかってきたはずなのに、その程度の認識しかないのはおかしいのです。それに、フロントバンパーがひしゃげたのであれば、かなり大きな事故です。ところが内藤さんは、私は直接見たわけでないので電話の声の調子などからしか想像できませんが、それでもそれほど大きな怪我

「人を好きになる気持ちなら、私にもわかります。好きな相手のことはなんでも許容してあげたくなったり、発言を好意的に解釈したくなったり。冷静であればおかしなことを言っているとわかるはずなのに、わからないんです。恋をしていると冷静になれないから。だからおかしなことをおかしいと気づけなくなります。いや、気づきたくなくなるんです。私だって人を好きになったことはあるし、相手に振り向いてもらえない経験もしています。同じです。だから同じ経験をした立場から、僭越ながら須賀さんに申し上げています。その方はあなたを愛していません。利用しようとしているだけです。あなたも本当は、気づいていています」

『違う……違う……』

違う。違う。繰り返すうちに言葉は不明瞭になり、涙声になり、最後には嗚咽に変わった。

僕は呆然としながら、電話口に響く泣き声を聞いていた。

さまざまな感情が渦を巻いて、気持ちの整理がつかない。相変わらず鮮やかないぶき先輩の推理に圧倒されたし、最後のいぶき先輩の告白にも、誰かに利用された須賀さんの嘆きにも、心を乱された。

ふいにいぶき先輩と目が合い、びくっとした。

いぶき先輩が怪訝そうに目を細める。

「お腹、大丈夫なんですか」

はっとなった。そういえば腹痛を口実に、いぶき先輩に通報の対応を替わってもらったんだった。

「あ、ええと、あの……」

いまさら席を立つのも不自然だ。かといって、体調不良は嘘でしたと告白するのもばつが悪い。

するといぶき先輩がクスッと笑った。

「ありがとうございます」

「へっ？」

なににたいするお礼なのか説明せずに、また僕からの質問を拒絶するかのように、正面に向き直り、通報対応に戻る。

もしかしていぶき先輩、ぜんぶわかっていたんだろうか。

6

意識の隅にインターフォンの呼び出し音が響いていた。

菊地遥香（きくちはるか）はうっすらとまぶたを開く。遮光カーテンの隙間から差し込む陽光は、まだ朝のそれだ。こんな時間に訪ねてくるなんて、いったい誰だ。少なくとも遥香の人間関係に、こんな時間から動き回る者はいない。深夜に帰宅し、空が白み始めるころにようやく眠りにつく。目が覚めるのはいつも昼の二時、三時という生活サイクルだ。友人たちも似たようなものだろう。

郵便か宅配便、あるいはまた、怪しげな宗教の勧誘かもしれない。以前にあったのだ。休日にインターフォンの呼び出し音が鳴り、ドアスコープで確認もせずに出てしまった。遥香の母親ぐらいの年代の女性が二人、無害そうな笑顔を浮かべて立っていた。聖書を配り歩いていて、週に一度は近所の教会でなんとか会という集まりを催しているらしい。あれは追い返すのに往生した。

布団をかぶり、目を閉じる。知り合いのはずがないし、配達だとしたら出直してもらおう。なにしろ私はいま、眠いのだ。

だがインターフォンは鳴り止まない。家主の在宅を確信しているかのように、何度も繰り返される。

「マジうざいんだけど。いい加減にしろよ」

上体を起こし、充電しっぱなしのスマートフォンを確認する。

午前六時半。二時ごろに帰宅し、缶ビールを飲んだり風呂(ふろ)に入ったりしながら過ごして床についたのは五時前だったから、まだ二時間も眠っていない。

「誰だよ。寝てんだけど」

大好きなキャラクターグッズで固めたピンク一色の部屋に似つかわしくない、野太い声が出た。いまでこそお嬢さまキャラでナンバーワンの座に君臨しているが、十代のころにはレディースに所属し、ロケットカウルに三段シートの違法改造バイクで爆音をまき散らしながら走り回ったこともある。

「ざけんな！　帰れ！　警察呼ぶぞ！」

ワンルームアパートの扉越しに怒鳴りつける。

さすがにこれで帰っただろうと思い、ローテーブルの上に置いていた加熱式タバコを手に取った。スティックをセットし、スイッチを入れてひと吸いしたところで、ふたたびインターフォンが鳴る。

聞こえよがしな舌打ちが漏れた。こいつはガツンと言ってやらないといけないか。

そう思って立ち上がろうとしたとき、扉越しに声がした。

「菊地遥香さん？　警察です」

全身が硬直した。

警察が訪ねてきた。心当たりはある。とはいえ、かなり飲んでいたので記憶は曖昧なのだが。

そろりそろりと歩いて、ドアスコープから外をうかがった。スーツ姿のいかつい男いた。

が数人と、制服姿のいかつい男が数人、狭い外廊下を埋め尽くすほど密集して立っていた。

「あの野郎……」

脳裏には気弱そうな若い男の顔が浮かんでいた。須賀剛史。遥香のキャバクラの——いや、その前に在籍していた店から引っ張ってきた、遥香の馴染み客だ。もともとそういう店に通うタイプではなかったのだろうが、職場の先輩に連れられて来店した際に、テーブルについたのが遥香だった。以来、遥香にゾッコンのようだった。ただ、金はあまり持っていないようで、いつも料金の安い開店直後の時間帯にやってきては、一時間だけ飲んで帰る。水商売の世界では金払いのいい客を太客、反対に渋い客を細客と呼ぶが、須賀は細客も細客だ。細いくせに熱心に通ってくるためにスタッフやほかの女の子からも顔を覚えられていて、細すぎる〈ピアノ線〉と渾名されている。

その〈ピアノ線〉に、ようやく利用価値が生まれたと思ったのに。

あいつ、裏切りやがった。

そんなことより、この場をどう乗りきるかだ。窓のほうを振り返る。窓から脱出して逃げるか。でも、そんなことができるはずがない。ここは二階だし、テレビの刑事ドラマでも、こういうときは裏側にも捜査員を配置していた。

どうしよう。どうしよう。

ぐるぐると混乱する思考に、扉越しの低い声が割り込んでくる。

「いるんでしょう？　開けてくれませんか」

しかたがない。

遥香は鍵を外し、扉を開いた。

まず視界に飛び込んできたのは、四角い顔でオールバックに髪を撫でつけた男が精一杯にこしらえたような、ぎこちない笑顔だった。その背後には数人の男たちが控えている。

「なんだ。いるんじゃない」

「寝てたから」

遥香はあくびを嚙み殺すような、ふてぶてしい演技をした。だが実際には、心臓が胸を突き破って飛び出しそうだった。

「お休みのところ、すみませんね」

四角い顔の男は警察手帳を提示した。見た目に反して丸山という苗字らしい。Z県警交通捜査課という所属を見て、やっぱりそうかと落胆する。万に一つ、別件で聞き込みに訪れただけという可能性を期待していた。

「アパートの前に止まっている赤い軽自動車、あなたのですか。あの、ダッシュボードにフェイクファーが敷いてあって、リアウィンドウのところに縫いぐるみがたくさん並んでいるやつ」

アパートの前は住人用の駐車場になっていて、遥香の愛車もそこに止めてある。丸山が口にした特徴は、遥香の愛車と完全に一致していた。

「それがどうしたの」

「今日の午前一時ごろ、どこでなにをしてました?」

「なんで?」

「ひき逃げ事件が起きたんです。県道の、大きなパチンコ店あるでしょう? やたらとド派手な看板の店、その近くなんですけど」

丸山は説明しながら、終始いやらしい笑みを浮かべていた。訊かれたからいちおう説明はするが、本当は説明する必要ないだろう。あんたはわかってるよな。そう言いたげな表情だった。

「その時間なら、家に帰ってきてたかも」

「本当に?」

「本当よ。私が嘘ついているっていうの」

嘘をついていた。だが遥香が嘘をついていると示す証拠は、なにもない。

須賀の証言以外に――。

丸山が面倒くさそうに頬をかく。

「実は自分が犯人ですと名乗り出た男がいるんですが、その男が、あなたから泣きつかれて、あなたを守るために罪をかぶろうとしたと……そう言ってるんです」

来た。ここからが勝負だ。遥香は自分の反応が不自然にならないよう、気を引き締める。

「なに言ってるの。ぜんぜん意味がわからない」

「須賀剛史という男を、ご存じですか」

「ああ。須賀ちゃん。知ってる。お店のお客さん」

「お店というのはあなたがお勤めになっているキャバクラですよね。隣の市の繁華街にある……」

丸山が店名を口にする。すでにそこまで調べがついているのか。だが当然といえば当然だ。須賀には源氏名とメッセージアプリのIDしか教えていない。警察は店の関係者に接触し、遥香の本名と住所を聞き出したのだろう。

「須賀ちゃんが？　私が犯人だと？」

信じられないという顔で詰め寄ってみる。

だが刑事はキャバクラの常連客のようにはいかなかった。

「須賀さんのメッセージアプリには、あなたからの着信履歴が残っていました。ひき逃げ事件が発生した直後の、午前一時過ぎぐらいです。十三分ほど通話されていますよね」

「営業の電話。それ以外になにがあるの」

「営業の電話って、そんな夜中にするものですか」

「することもあるし。ってか、午前一時なんて私にとっては夜中じゃないし」

「そうですか。それにしても、須賀さんはお金を落とさない細客だと、お店でも有名だったみたいですが」

「太いとか細いとか関係ないし。私にとっては、みんな大事なお客さんだし」

「殊勝な心がけですな」

小馬鹿にしたような口調にカチンときた。

「なに？　なにが言いたいの」

「先ほど、午前一時には帰ってきていたとおっしゃいましたが、どこかに出かけていらしたのですか」

「仕事が休みだったから。地元の友達と遊んでいたんだけど」

「それは、ご自身の車で出かけられたのですか」

答えるまでに一瞬、間が空いた。

「違う。迎えに来てもらった」

「参考までに、そのお友達の名前を教えていただいても？」

「どうして？」

「確認させていただきます」

「それなら言えない」

「なぜですか」

「迷惑がかかるから」

「ならばこちらで調べさせてもらいます。結果は同じだと思いますが」

頬がひくつく。これは脅しだ。

だが脅されるだけの材料を、遥香が持っているのもまた事実だった。

遥香は昨夜遊んでいた友人の名を答えた。

答えながら、背中を冷たいものが滑りおちる。警察が友人に話を聞けば、遥香が嘘をついていたのがすぐにわかる。口裏を合わせる時間は、おそらくもうない。

「ご協力ありがとうございます。ご友人にはこちらから連絡を取らせていただきます」

終わりだ、と思う。友人が機転を利かせて、遥香を送り迎えしたと証言してくれればいいが、そうはならない。

遥香は免停期間中だった。速度超過や一時停止義務違反、運転中の携帯電話での通話など、細かい違反が重なって、三十日間の免停処分となったのだった。理不尽だと、いまでも遥香は思っている。違反しているのは自分だけじゃない。もっと酷い違反をして、なお捕まっていないドライバーはたくさんいる。なのにどうして自分だけが。

納得がいかない。

遥香が免停中でも車を乗り回していた背景には、そういった心情があった。ちょっとした反骨心、復讐心。最初は近くのコンビニやドラッグストアに出かける程度だったが、次第に大胆になって遠出するようになった。普通に運転していれば警察に止められることなんてめったにないから、運転免許が有効かどうかなんて、バレやしないのだ。だいたい、こんな田舎で車に乗るなと言われても無理だ。家族と一緒に住んでいればなんとかなるが、遥香は実家から三キロほど離れた場所にアパートを借りて一人暮らししていた。

たったの一か月。その期間をやり過ごせば、元通りになるはずだった。

だが免停期間をあと三日を残したところで、事故は起こったのだった。

悪いのは私じゃない。あの男のほうだ。ふらふらと千鳥足で歩いていたかと思えば、いきなり道に飛び出してぶつかってきた、あいつが悪い。

慌ててブレーキを踏み、ハンドルを切っても間に合わなかった。まさかいきなり車道に出てくるなんて、予想もできなかった。

男は遥香の車の左側面に衝突し、ばたりと倒れ込んだ。それきり動かなくなった。

嘘でしょ。死んだ——？

そんなわけがない。それほどの衝撃ではなかったはずだ。けれど遥香は、車をおりて確認する勇気はなかった。生きていても救急車を呼ばなければならず、そうなれば免停期間に運転していたのがバレてしまう。死んでいたらなお悪い。免停期間に車を運転し、死亡事故を起こしてしまったことになる。しかもあろうことか、遥香は酒を飲んでいた。ビール二杯だから普段仕事で飲む量に比べれば水のようなものだが、警察はそう判断してくれないだろう。

遥香はアクセルを踏み込んだ。事故の被害者以外には、ひと気も車の通りもなかった。目撃者はいない。

現場から遠ざかりながら、メッセージアプリの通話機能を使って須賀剛史に電話をかけた。いつ切り捨ててもかまわないと思っていた細客だし、異性との交際経験も乏しく、世間知らずな印象で、遥香が話した出鱈目な身の上話も鵜呑みにしていた。

須賀にとって遥香は、幼くして父を亡くし、病気の母親の治療費を稼ぐために水商売の世界に飛び込んだと聞かされていた女だった。実際には両親どころか祖父母まで健在で、勉強するのが嫌になって高校を中退し、水商売の世界に飛び込んだ。実家を出たのは、大学まで行かせたがった両親と衝突し、関係が悪くなったからだった。

会うたびに母親の病状を重くしても、ない袖は振れないということか、須賀が店にになっただけだ。
落とす金額は増えなかった。母親の病状を案じるようなメッセージが頻繁に届くよう
言葉はいいから金を寄越せ。本当に使えないやつだ。
もう捨てるしかないと思っていた〈ピアノ線〉にようやく使い途が生まれた。金が
出せないならば、人生を差し出してくれ。犠牲になってくれ。私の罪をかぶって捕ま
ってくれ。
もちろん、本音をそのまま口にはしない。母の看病で睡眠不足になり、意識朦朧の
状態で運転していたところ、突然歩道から男が飛び出してきたと伝えた。免停になっ
たことについては、母の病状が思わしくなく、急いで帰宅しようという気持ちから、
つい速度違反を犯してしまったと説明した。免停中にもかかわらず車を運転したのは、
母を病院に送り迎えするためにしかたなかったと説明した。
それでも須賀は身代わりになるのを渋った。事故の大きさによっては職を失ったり、
場合によっては懲役刑になる可能性だってあるのだから当然だ。下手をすれば人生を
棒に振る。
そこで遥香は、切り札を出した。
結婚をちらつかせたのだ。
予想通り、須賀の態度は大きく変わった。遥香は事故を起こした場所と状況を詳し

く伝えた。自分は免停中に運転していたのがバレたら免許取り消しになってしまうが、ゴールド免許の須賀ならばそれほど重い処分は下らないだろうと無責任な楽観論で背中を押し、通話を終えた。

階段を駆け上がってきた紺色の制服を着た男が、丸山になにやら耳打ちした。

丸山があらためてこちらを向く。

「左のフロントドアがへこんでいるようですが、あれはどうなさったのですか」

視界がぐらりと揺れた。

だがなんの証拠も見つからない。懸命に自分を立て直す。

「知らない。誰かがいたずらでもしたんじゃないの」

目の前に書類が差し出された。

「捜索令状です。現場に残っていたブレーキ痕と、あなたの車のタイヤの溝の形状が一致するか、調べさせてもらいます」

全身から血の気が引いた。

出任せでもなにか発言しなければと思うが、言葉が見つからない。

速やかに照合が行われ、ブレーキ痕とタイヤの溝の形状が一致した。

「署のほうにご同行願えますか」

断る口実も、その気力も残っていなかった。

遥香をパトカーの後部座席に乗せると、丸山は助手席の扉を引いた。ハンドルを握るのは若い刑事だ。

早朝の捕り物劇に、近所の住人たちの視線が集まっているのがわかる。あえてふてくされた表情を装った。

窓越しの景色が流れ始める。

「ねえ、刑事さん」

「なんですか」

「須賀のやつが、私のこと売ったの？」

自首した須賀が供述の矛盾点を突かれ、追及された末に加害者でないと告白することはありえると覚悟していた。だが今回の場合、それにはまだ早い。事故発生から数時間しか経過していない。なのにどうして、警察が自分に辿り着いたのか。

ふふっ、と丸山が肩を揺する。

「うちの県警には〈万里眼〉がいるんです」

「〈万里眼〉？　なにそれ」

質問に答える気はないらしい。「悪いことは考えるものじゃないんですよ」とはぐらかされた。

CASE5　お電話かわりました白馬の王子さまです

1

目の前の椅子を引く音がして、僕は目を伏せた。

右手のスプーンでカレーを口に運びながら、左手で皿をガードする。

「それじゃ、カツが奪えないじゃない」

和田さんの不服そうな声。

「奪う前提で話をすること自体、おかしいと思いますけど」

僕は視線をカレーに固定したまま応じる。

「なんか最近、つれなくない？」

「そんなことないです。普通です」

「いいや。普通じゃないよ。おれの知ってる早乙女くんは、カツカレーのカツを奪われまいと皿を厳重にガードするような、そんな心の狭い男じゃない」

「だから奪う前提で話をするのがおかしいって――」

僕が顔を上げた瞬間、和田さんが素早く動いた。僕の皿からカツを一切れつまみ、自分の口に放り込む。そういう競技があったら日本代表になれそうなほど、鮮やかな手並みだった。

「なにするんですか」

「だって、美味(うま)そうだったんだもん」

「なら自分で注文すればいいでしょう」

「わかってないな。他人が食べてるものをつまみ食いするからこそ美味いんじゃないか」

　とても現職の刑事の言葉とは思えない。

和田さんは指についたカレーを舐(な)めた後、紙ナプキンでその指を拭(ふ)く。

「そろそろ上がりじゃないですか」

すでに夜の九時近くになっている。食堂も閑散として、厨房(ちゅうぼう)のおばちゃんも片付けを始めていた。

「そうなんだけど、あれがあるから」

「たしかにあれは気になりますけど」

「だろう？　帰るに帰れないよ」

「あれ」というのは、利根山管理官が配ったお菓子のことだ。いつも〈ソフトサラダ〉やら〈雪の宿〉やら、渋めのお菓子を部下に配り歩いている管理官が、今日に限ってチーズタルトを配っていた。しかも東京の行列ができる有名店のものらしい。

これはヤバいぞ。なにかが起こる。

チーズタルトのあまりの美味しさに頬が落ちそうになりながらも、職員たちの間に緊張が走ったのは言うまでもない。管理官がいつもと違うお洒落なお菓子を配ったら物騒な事件が起こるなんて、そんなの偶然だ。たまたま同じ日に起こったことを強引に結びつけているだけだ。新人のころだったらそう思ったかもしれないけど、いまの僕にそんなふうに考えることはできない。せんべいが市内の洋菓子店に替わっただけで危険なのに、東京の行列店のチーズタルトなんてただごとではない。きっとなにか物騒な事件が起こる。

おかげで今日の通信指令室は、ずっと張り詰めていた。ところが予想に反して大きな事件が起こることはなく、夜を迎えたのだった。

さすがに今回ばかりはハズレかもねと、細谷さんは楽観的な台詞を吐いていた。だって当の管理官はもう帰宅しちゃったし。もう夜だし。けれど細谷さんが本当に楽観視しているのではなく、願望を口にしているのが僕にはわかる。通信指令室に勤務してたった一年だけど、このジンクスだけは外れたためしがない。各班二十人が交代で当直勤務にあたる通信指令課全員にとって、これはもはやジンクスというより呪いに近いのかもしれない。

日ごろ通信指令課に入り浸る和田さんも、勤務時間が過ぎても帰るつもりはないようだ。命令されたわけではないし、残業手当などつくはずもない。にもかかわらず職場に居残るなんて、よほどの確信がないとできることではない。そして和田さんにそれほどの確信を抱かせるのにじゅうぶんな実績が、管理官にはあった。

当の管理官はその影響力に無自覚な上、さっさと定時で帰宅してしまっているのだけど。

つくづく罪作りな人だ。

「そういえば」と、和田さんがグラスの水を飲む。

だからそのグラスも、僕のなんですけど。

「ミキちゃんからバッグを奪おうとしたひったくり、捕まったらしいよ」

「本当ですか」

「うん。当初の見立て通り、現場近辺を拠点に悪さを働いてた不良グループの一員だったそうだ。余罪もゴロゴロ出てきてるみたいだね」

「そうですか。よかった」

「早乙女くんの目撃証言のおかげだって、三課の連中も感謝していた。よろしく伝えてくれってさ」

「僕は別になにも……本当になんの役にも立てなかったし」

偽らざる本音だ。僕はなにもしていない。にもかかわらず感謝されると、いたたまれない気持ちになる。

「犯人から盗品を取り戻したあの男性については、なにかわかったんですか」

「いや。それについては」と、和田さんが顔を横に振る。

「三課としては犯人を検挙できればじゅうぶんだから、そのヒーローについてはこれ以上、正体を掘り下げることもないんじゃないかな。もしも本人が名乗り出てくれれば、表彰ぐらいはすると思うけど……ただ話を聞く限り、本人にその意思はなさそうだね」

「ええ」だと思う。

彼は危険も顧みずに犯人に飛びかかり、ミキさんのハンドバッグを取り戻し、そそくさと立ち去った。急いでいるからと理由を述べていたけど、人とのかかわりを避けているような印象も受けた。

「気になるかい」

「そう……ですね」

「ミキちゃんをめぐっての恋敵になるかもしれないからね」

「違います。そういうことじゃなくて」

気になるというより、引っかかっている。でもそれは、あの場面で自分がなにもできなかったのを正当化したいだけかもしれない。あんなふうにとっさに動けるわけがない。あの謎の男性にはなにか後ろ暗い事情があって、だから警察の到着を待たずに立ち去った。そう考えることで、自分は悪くなかったと思いたいだけかもしれない。

「おれも考えたんだけど」と和田さんが顎(あご)に手をあてた。

「やっぱりヒーローには前歴があるんじゃないか。だから警察とかかわるのを避けたんだ」

それは僕も考えた。逮捕服役した過去があり、警察にたいして良い印象を持っていないから、警察が来る前に現場を立ち去った。あるいはいま現在警察から逃亡中の身である、とか。

でもそう考えるのは、英雄的行動で犯人から盗品を取り戻してくれた人物にたいして、あまりに失礼な気がする。

目の前で犯罪が起こったから、とっさに身体が反応した。警察の事情聴取に応じるとなるとかなりの時間を奪われるのはわかっているので、それ以上のかかわりを避けるために立ち去った。別にそこまでおかしなことではない。

「ミキちゃんはどう言ってるの」

「犯人はともかく、ヒーローについては顔を見ていないので覚えていないそうです」

「そうか。早乙女くんはヒーローと話しているけど、ミキちゃんは遠くから見てただけだもんね」

「ええ」

少し残念そうな顔をした和田さんが、おもむろに言う。

「事件のショックも強いだろうし、早乙女くんがしっかり支えてあげないとね」

すぐには反応できなかった。

和田さんが片眉(かたまゆ)を持ち上げる。

「早乙女くんは、ミキちゃんのこと嫌いなの?」

「嫌いじゃないです」

それは間違いない。嫌いなら休みの日に食事に誘われて応じたりしない。

「それなら嫌いじゃないけど、好きってほどでもないんだ」

「というか、好きは好きなんだけど……なんというか、この好きは恋愛感情とは違うんじゃないかっていうか」

「LOVEじゃなくてLIKEってことかい?」

「それもよくわからないというか……」

我ながら煮え切らない男だと思う。なんでミキさんは、こんな僕に好意を寄せてくれるのだろう。

「早乙女くんって、頭でいろいろ考えすぎるところ、あるよね」

ぐうの音も出ない。まったくその通りです。いまも頭の中だけで反応しています。

和田さんは続ける。

「好きとか嫌いなんて感情は直感でしかないから、理由だって簡単に説明できるものではないのに、早乙女くんはいちいち自分の感情を、自分にたいして説明しようとしている。同じように、相手の態度や言動にたいしても、論理的な説明をこころみている。それってかなり難しいっていうか、ほぼ無理だよ。でもそうやっていろんなことに説明をつけないと安心して動けないと思っているから腰が重くなって、相手の言葉や態度への反応が遅れる。その結果、相手との間に壁ができたようになってしまう」

和田さん、すごい。

まるっきり当たっている。どうして僕の心の中の動きがわかるんだろう。他人の心が読めるのだろうか。超能力者だろうか。

「じっくり考えること自体は、けっして悪いことじゃない。それが早乙女くんの長所でもあるからね。ただ、それによって損することも少なくないと思うんだ。だいいち、疲れるでしょう、小さなことでそこまで深く考えてると……って、どうしたの？」

和田さんがぎょっとしたのは、僕が泣いていたからだった。いままで自分の内心をここまで正確に言い当てられたことがないし、だからここまで沁みる言葉をかけてもらったこともなかった。「考えすぎ」とか「くよくよし過ぎ」と指摘されたり、「いつまでも引きずってるなよ」と叱咤されるぐらいが関の山だった。

「すみません。あまりに和田さんの言葉が響いたから……」

「だからって泣くことはないと思うけど」

さすがに少し引いたようだが、和田さんはホルダーから紙ナプキンを引き抜いて差し出してくれた。

僕は受け取った紙ナプキンで涙と鼻水を拭いた。

「ありがとうございます」

「うん。だからおれが言いたいのは、他人に気を遣わずに、もっと自分の感情の赴くまま、わがままになってみれば……ってこと。早乙女くんは他人に迷惑をかけるのを恐れすぎている。多少迷惑をかけられたって、誰もきみのことを嫌いになったりしない。もっと平気で迷惑をかけているやつは、いっぱいいるんだから」

「わかりました。僕には難しいけど、頑張ってみます」

「オッケー。じゃ、授業料ということで」

カツカレーの皿にのびてきた手を、僕は両手で素早く防いだ。

「最後の一切れは譲れません」

「その調子だ」

和田さんが微笑み、僕も笑った。

2

食堂を出て、和田さんと一緒に通信指令室に戻った。

僕が席を外している間にそれなりの件数の入電があったようだが、「それなり」の範囲で収まったとも言える。警戒していたような重大事件は起こっていない。

「あれ。和田くん、今日はまだ帰らないの？」

当然のように僕と一緒に通信指令室に入ってきた和田さんを見て、細谷さんが不思議そうに首をひねった。

「だってほら、管理官の」

「そうか。チーズタルト」

管理官のチーズタルトだけで会話が成立してしまうというのも、考えてみればすごいことだ。

「刑事さんも大変ね」

「いいえ。好きでやってることですし、ここで過ごすのは嫌いじゃないですから。細谷さんとも、こうしてお話しできますし」

「またまた。本当に口が上手いんだから」

そう言いながらも、細谷さんは嬉しそうだ。和田さんってこういうところが本当に上手いよなあ。

「そんなことありません。おれはお世辞が嫌いですからね。本音です」

「本命は君野さんでしょう」

「細谷さんが独身だったら、違ったかもしれませんね」

あはは、と和田さんは屈託なく笑った。たぶん僕ならぎこちなく頬を硬くして「けっしてそんなことは」とかなんとか、しどろもどろな言い訳でお茶を濁そうとして墓穴を掘るところだ。こんなふうに素直に反応すればいいのか。

「両手に花ですよ。そう考えると、毎日いぶきちゃんと細谷さんに挟まれて仕事をしている早乙女くんは果報者ってことになる」

あはは、と笑おうとしたけれど、学習したことをすぐに実践できるほど僕は器用ではない。笑おうとして上手く笑えず、やっぱり頬を硬くした意味不明の表情になってしまう。とっさの場面で実践できるようになるには、反復練習が必要なようだ。

「本人はそう思っていないようだけど」

細谷さんが横目を向けてくる。

「そんなことないですよ。な、早乙女くん」

ここでも和田さんが助け船を出してくれたのに、僕は「フハッ」とやけに荒い鼻息を吐き出しただけで終わった。コミュ強への道は遠い。

その後も懸念された重大事件の通報はないまま、ついに日付が変わってしまった。和田さんはなにかあったら起こして欲しいと言い残して仮眠室に向かい、続いて細谷さんも休憩に出ていった。

日中に比べて閑散となった指令室には、やや弛緩した空気が漂い始める。管理官のジンクスを意識して普段より張り詰めて仕事に臨んでいたせいで、疲れが出てしまった部分もあるのかもしれない。

「いぶき先輩」

僕は椅子ごと左に回転し、いぶき先輩に正対した。和田さんと細谷さんが同時にいなくなるタイミングを、虎視眈々とうかがっていたのだった。

クロスワードパズルの雑誌を開いていた先輩がちらりと僕を一瞥する。酷くひややかで突き放すような視線に感じたのは、気のせいだろうか。

気のせいと思うことにしよう。

「和田さんから、クラシックコンサートに誘われていましたよね」

「はい」

「い、行くんですか」

「早乙女くんに関係ありますか」

ぐっ、と言葉が喉に詰まる。

いぶき先輩は雑誌を閉じ、こちらに顔を向けた。

その瞬間、僕は全身が頭から足の爪先まで硬直するのを感じた。

気のせいじゃなかった。とてつもなく冷たい目をしている。

「私がプライベートで誰とどこに出かけようが、関係ありませんよね。早乙女くんにはまったく関係ないし、詮索される筋合いもありません」

「そんな言い方しなくてもよくないですか。ただ質問しただけじゃ……」

語尾に向かうにつれて口調が弱々しくなったのは、いぶき先輩の全身から発散される怒気におののいたからだ。

それでも自分を奮い立たせようとしたけど、いぶき先輩の言葉に気持ちをへし折られる。

「応援するって、言ったそうですね」

「あっ」と声を漏らすリアクションが、質問の答えになっていた。たしかに言った。いぶき先輩も和田さんと付き合ったほうがきっと幸せになれると思ったから。いぶき先輩の横にいるのは、僕なんかより、和田さんのほうが断然ふさわしい。そう思った。

「あれは、違――」

「聞きたくありません」と、いぶき先輩に遮られた。

「私が誰とどこに出かけようが、早乙女くんには関係ありません。だいたい、自分だってミキさんとデートしてたくせに」

「あれはデートじゃ――」

「もういいんです。デートであろうがなかろうが。だって関係ないんですから」

あと、と、いぶき先輩が僕から視線を逸らし、正面に向き直る。閉じていた雑誌を開きながら言った。

「〈出せ出せ男〉の正体を突き止めるとか、そういうのも、もうけっこうですから」

「どうしてですか」

「早乙女くんには関係のない話だからです」

なんだよ、それ。〈出せ出せ男〉については、好きとか嫌いとか関係のない話じゃないか。

「かかか、関係ないことなんてないです」

いぶき先輩が顔だけをこちらに向けた。その視線の冷たさに怯みかけたが、ここで負けるわけにはいかない。

「狙われているのが〈万里眼〉だから、いぶき先輩だから、だから僕が〈出せ出せ男〉の正体を突き止めようとしているんですか。自意識過剰も大概にしてください」

いぶき先輩の口角が下がり、これまでの拒絶オーラに不機嫌オーラが混ざる。恐ろしいことこの上ないけど、僕は自分を叱咤した。

「そうです。自意識過剰です。僕がいぶき先輩のために〈出せ出せ男〉の正体を探ろうとしていると思っているのなら、大間違いです。いぶき先輩は勘違いしてます。勘違い野郎です」

「野郎というのは男性をののしる言葉ですよ」

「そんなのどうでもいいんです。とにかく僕は、いぶき先輩を守ろうとしているわけじゃありません。指令課の仲間を守ろうとしているだけです。〈出せ出せ男〉の標的が〈万里眼〉でなくても、ほかの同僚だったとしても、僕は同じことをしました」

次第にいぶき先輩の表情から毒気が抜けていった。

「言いたいのはそれだけです。僕はこれからも〈出せ出せ男〉の正体を探ります。必ず正体を突き止めます。いぶき先輩のためじゃなくて、指令課の仲間を守るために」

いぶき先輩が口を開きかける。

だがそれよりも早く、僕は畳みかけた。

「今後も僕は僕で勝手にやります。それこそいぶき先輩に指図される筋合いはありません。それじゃ、仕事に戻ります」

「自意識過剰……」

僕は頭を下げ、自分の指令台に正対した。

なんでこんなふうになっちゃったんだろうと、後悔がこみ上げてくる。和田さんと細谷さんが席を外したタイミングを見計らって、僕はいぶき先輩をデートに誘うつもりだった。和田さんはいぶき先輩をデートに誘っただけで、二人が付き合っているわけではない。ならばまだ、僕にも権利はあると思った。なのにどうしてこんなふうになってしまうのか。思い描いていたのと正反対の結果になってしまった。

でもこうなってしまったのも、自業自得だよな。ミキさんからの熱烈なアプローチに明確な意思表示で応えることもなく、いぶき先輩への想いを薄々自覚しつつあったというのに、ライバルであるはずの和田さんの背中を押すような発言をしてしまった。ポイントはいくつもあった。けれど僕は、ことごとく間違った選択肢を選んでしまった。その結果がいまだ。

さすがにこうなってしまっては、関係の修復は難しい。ただ、いぶき先輩とは毎日顔を合わせる同僚であり続けるから、最低限、ぎくしゃくしない関係を再構築できればと思うけど、それは虫のいい話なのかな。

「あの」

ふいに左からいぶき先輩の声が聞こえた。

振り返ると、いぶき先輩が椅子ごとこちらを向いている。その視線に先ほどまでの拒絶の色はない。それどころかやや潤んだ瞳は、懸命になにかを訴えかけるかのようだった。揃えた膝の上に置いた両手は、こぶしをぎゅっと握り締めている。

「なんですか」

「私、あの……早乙女くんにたいして、ちょっと言い過ぎ——」

絶妙のタイミングで警告音が鳴り響き、いぶき先輩の発言を遮る。

先輩がなにを言おうとしたのかはもちろん気になる。とても気になる。本当に気になる。

けれど僕は警察官だ。通信司令課員だ。助けを求める窓口として、誠実に職務を遂行しなければならない。

僕は迷わずいぶき先輩から視線を逸らし『受信』ボタンを押した。

「はい。Z県警一一〇番です。事件ですか。事故ですか」

『あっ、廉くん？　私、ミキ』

マジか。なんでよりにもよってこのタイミングで。

3

僕は盛大なため息をついた。電話の向こうのミキさんにも、それは届いただろう。

むしろ届くようにわざと大げさにしたのだ。

「ミキさん。どうして一一〇番にかけてきたんですか」

『だって……』

「だっても明後日もありません。最近メッセージへの返信が遅れがちになっていたことは謝ります。すみませんでした。だからといって、一一〇番に私用電話をかけてこないでもらえますか」

時刻は午前二時十三分。さすがに通報も落ち着いてきて、当直員の半分ほどが休憩に出ている。だがいまたまたま暇だからといって、この時間、いつも暇だとは限らない。大きな事故や事件、災害などが発生して、十二台ある一一〇番受付台がすべて埋まってしまう可能性だって、ないわけではないのだ。そんなとき、受付員の声が聞きたい、話がしたいなどという私的な理由での通報があったらどうなるか。本当に助けの必要な人の通報がつながらずに、初動が遅れてしまうかもしれない。通報の内容によっては、そのわずかな遅れが命取りになる可能性だってあるのだ。

『でも――』

「でも、とか、だって、とか、いい加減にしてください。これまでにも何度も繰り返しお話ししてきましたよね。安易な気持ちで行なった迷惑通報で回線を一つ塞いでしまうことの危険性について。わかってくれたと思っていたのに、とても残念です。ちょっとキツい言い方になってしまいますけど、僕はミキさんに少し失望しました」

『そうじゃなくて――』

「言い訳は聞きたくありません。どういう理由があっても、許されることではないんです。ただ、今回の件については僕にも責任があると思います。僕はいつも受け身で、流されてばかりで、きちんとミキさんに向き合って対話する努力を避けてきました。情けなかったし、申し訳ないとも思います。こんどあらためて時間を作りますので、そのときにお話しさせてください。大丈夫。もう逃げたり避けたりしませんので」

『それじゃ困る。お願いだから――』

「僕も怒りますよ。この回線を塞いだらいけないって――」

そのとき、左肩になにかが触れた。

自席を立ったいぶき先輩が、僕の肩に手を置いているのだった。眉間に皺を刻んだ真剣な表情で、小さくかぶりを振る。そのとき、彼女が唇の動きだけでこう伝えてきた。

――待って。様子がおかしい。

そこに至って初めて、僕はミキさんの様子がいつもと違うことに気づいた。声は間違いなくミキさんだ。けれども、いつもの溌剌とした話し方とは違う。意図的に押し殺したような、か細い発声だった。

僕が口を噤むことでできた空白を、ミキさんの声が埋める。

『一一〇番したのは、廉くんの声を聞きたかったからじゃない。助けて欲しいから』

一瞬、時間が静止した。

「どうしたんですか」

そう訊ねる僕は、まだことの重大さを正確に認識できていなかった。

認識できていないというより、悪い想像を無意識に避けていたのかもしれない。ミキさんにそんなに怖い目に遭って欲しくないという願望が、僕の想像力を狭めていた。

管理官がチーズタルトを配ってから、通信指令課一同が緊張感を持って公務にあたっていた。懸念された重大犯罪はまだ起こっていない。でも必ず起こる。僕自身も覚悟していたはずだった。けれどそれがミキさんのかかわる事件であって欲しくないと願ったし、ましてや被害者がミキさんだなんて、信じたくなかった。

けれど、僕の願いは無残に打ち砕かれた。

『知らない男に拉致された』

震える声での告白に、視界が狭くなるような感覚に陥った。あまりに混乱したせいで、「拉致って、誰に?」と、とんちんかんな質問をしてしまう。

『知らないって言ってるじゃない』

そうだった。落ち着け、落ち着け。ミキさんはいま、大変な状況下にある。僕のほうが動転してはいけない。

地図システム端末画面に視線を移した。拉致されたのなら、まずは現時点での所在地を知るのが重要だ。

ところが、地図システム端末画面にいつもの赤い丸は表示されていなかった。

「GPSを受信できなくて発信地点を特定できないのですが、いま、どういうところにいるんですか」

『暗くてよくわからないけど、物置？　みたいな感じ。すごく狭くて、かび臭い。コンクリートの部屋みたいなところに閉じ込められてる』

そういえば以前に子どもがマンションのポンプ室から通報してきて、GPSの電波を受信できなかったことがあった。似たような状況ということか。

とんとん、と肩を叩かれ、僕は振り向いた。

いぶき先輩が僕の指令台を指差しながら「重要」と唇を動かしている。

そうだ。僕は『重要』ボタンを押した。警告灯の緑ランプが赤に変わる。このボタンはとくに緊急性、重要性の高い通報を、後方の指令台に知らせ、集中運用を促すためのものだ。手の空いた職員はこの通報を注視し、手分けして対応にあたる。

「部屋の扉には鍵がかかっているんですか」

『わからない。手足を縛られていて動けないから。バッグを口で開けてスマホを取り出して、床に置いたスマホを鼻でタップして電話したの』

手足を拘束されたミキさんは横になり、床に置いたスマートフォンに向かって語りかけているようだ。命がけじゃないか。必死な思いで救いを求めてきたというのに、僕は異変を察することができず、私用電話をするなと彼女を叱責してしまった。本当に間抜けだ。

ともかくいまは自省より彼女を救わなければ。

どうにかして電話の発信地点を特定できないか。

「その部屋に窓はないですよね」

『ない。真っ暗だったから、最初は自分のバッグが近くにあるのにも気づかなかった』

想定内だ。窓があればGPSの電波が受信できないということはない。

「拉致されたときの状況を、できるだけ詳しく教えていただけますか」

『仕事が終わってタクシーで家に帰ったの。で、自分の家に入ろうとしたら、家の近くの道端で、苦しそうにうずくまっている男の人を見つけた。けっこうがっしりした身体だったし少し怖いなと思ったけど、放っておいて後で大変なことになっても嫌だから、どうしたんですかって声をかけた。そしたらそいつ、急に立ち上がって、包丁をつきつけてきて、近くに止めてあった車に連れ込まれたの』

ところどころ声がうわずっているのは、懸命に涙を堪えているせいかもしれない。純粋な善意からの行動が、いまの結果を招いた。やさしくしなければよかったと悔いているのかもしれない。でも他人にやさしくしたことを悔いるなんて、そんな世の中であってはいけない。

ともあれ、いまのミキさんの話から重要な事実が判明した。

ミキさんはタクシーを降りてから自宅に入るまでのわずかな間に、犯人に遭遇している。犯人はミキさんをつけ狙っていたのではないか。

「ミキさんは実家暮らしですか」

『そう。一人暮らししたいと思ったこともあったけど、自炊とか面倒だし、洗濯とかもやってもらえて楽だから』

誰でもよかったわけではない。犯人はミキさんに照準を絞り、彼女の生活スタイルを調べた上で犯行に及んだ。

そしてもう一つ、重大な事実。

「犯人の顔、見てますよね」

夜中なのにサングラスをしていたり、覆面で顔を隠していたりする男がうずくまっていたら、いくら親切なミキさんでも声をかけるのを躊躇うだろう。犯人は顔を隠していない。

『うん。見た』

「顔見知りですか」

たとえばスナックの常連客など、男性のお酒の相手をする仕事だけに、恋愛感情をもたれる機会も少なくないのではないか。

けれど、ミキさんははっきりと否定した。

『違う。知らない人』

そういえば、最初に『知らない男に拉致された』と言っていた。

「よく思い出してください。一度だけお店に来たことがあるとか、そういう――」

声をかぶせられた。

『ぜったいいない。私、人の顔を覚えるのは自信あるから。それが大事なお仕事だって、この仕事を始めるときにママに言われたの。だから頑張ってお客さんの顔を覚えるようにしてたら、得意になった。一度でもうちの店で飲んだことのあるお客さんの顔は、ぜったいに忘れない』

そこまで言うのなら犯人との面識はない。

そしてミキさんがきっぱり断言できたのには、記憶力以外にも理由があるようだった。

『それにあの男、けっこうインパクトのある顔だったし。あいつに前にも会ってたら、ぜったいに忘れない』

特徴的な顔立ちだったらしい。

「どういう顔だったんですか」

『なんていうか……ひと言でいえば、濃い？　眉毛がどーんとあって、目がぎょろっとして眼力強すぎ、みたいな』

独特な表現だけど、ようするに眉が太くて目が大きいということだろう。

濃い……？

ふいに記憶が逆流する感覚があった。

もしかして、あのときの——。

「その男は、イケメンじゃありませんでしたか」

『イケメン？　ぜんぜんそんなふうに思わなかったけど』

じゃあ違うのか。

そう思ったとき、「男から見たイケメンと、女から見たイケメンの基準は違うことが多いからね」と声がした。

指令台のディスプレイ越しに和田さんが覗き込んでいる。仮眠室から急いで駆けつけたらしく、側頭部の髪の毛が跳ねているが、しっかりイヤホンを片耳に装着し、会話をモニタリングしているようだ。

「顔の濃いイケメンに心当たりがあるのかい」

　僕はヘッドセットのマイク部分を手で覆い、答えた。

「ミキさんがひったくりに遭ったとき、ハンドバッグを取り戻してくれた男性が、そういう印象だったので」

「あ。あのときのヒーロー？」

　和田さんが目を見開く。

「ええ。でもたんに濃い顔という印象が一致しているだけだし、ただの思い過ごしでしょう」

「いえ」と、いぶき先輩が会話に加わってきた。

「そうとも限りません。ミキさんが拉致された状況から考えて、犯人は以前からミキさんの行動を監視していた可能性が高いと思います」

「あっ」と僕は思わず声を上げた。

　すべてが腑に落ちた気がしたのだ。

　あのとき、ミキさんは短い悲鳴を上げただけで、直前まで一緒にいた僕ですら、なにが起こったか理解するのに時間がかかった。それなのに、あの男性はすぐに反応してひったくりに飛びつき、ハンドバッグを取り戻してみせた。

　なぜ彼は、すぐさまひったくりに気づき、犯人に立ち向かうという行動に移ることができたのか。

当初から違和感はあったが、僕自身ができないことをやってのけた相手にたいするやっかみみたいな感情もあるのではないかと考えてもいた。なにより彼の行動は賞賛されこそすれ、非難されるいわれなどいっさいない。なにもできなかった僕がいちゃもんをつけるべきではないという心情が勝った。

でも、もしもあの彼がミキさんの拉致を目論んでいて、そのための下調べをしている最中だったとしたら――？

ミキさんを監視していたのだから、ミキさんがハンドバッグをひったくられたのにもいち早く気づけただろう。警察の到着を待たずに現場を立ち去ったのは、そういった後ろめたさがあったからだろうか。

いや――まだ違和感が残る。

僕はマイク越しにミキさんに語りかけた。

「ミキさん。失礼ですけど、人間関係でトラブルを抱えていたりしませんでしたか。誰かの恨みを買ったりとか」

『ないと思う。気づかないうちに誰かから恨まれていたかもしれないけど』

「お金の貸し借りでトラブルになったりは？」

『それはない。うち、パパは社長でそれなりに裕福だし、私自身、誰かにお金貸したり借りたりとかしないようにしているし』

意外や意外。ミキさんってお嬢さまだったんだ。

ミキさんの住所を訊ねると、そのあたりで有名な高級住宅街の名前が返ってきた。あんなに美人でコミュ力が高くて、しかもお嬢さまなのに、どうして僕なんかを？

疑問は尽きないが、ともかく、本人の自覚する限りで人間関係のトラブルはなかった。ということはやはり、犯行の動機は一方的な恋愛感情、あるいは性的な衝動ということになる。

「なにが気になってるんだい」

和田さんが首をかしげ、僕はヘッドセットのマイクを手で覆う。

「あの男性が犯人だとして、なぜあのとき、現場から立ち去ったんだろうと」

犯人はミキさんに好意を抱いていた。だとすれば、ひったくりから盗品を取り返したあの状況は、ミキさんからの好感を獲得する絶好の機会だった。堂々と名乗り出るべきだったんじゃないか。

「たしかにちょっと不思議だね。そのとき現場に留まっていれば、相思相愛になれたかもしれないってのに。まあ、困っているところを助けてもらったからって、相手に惚れるとは限らないけど」

「でも好感を抱くのは間違いありません。そういった些細なことから始まる恋愛も少なくないと思います」

いぶき先輩もそうなのかな、些細なきっかけで人を好きになるのかな。思ったが、いまはそれどころではない。

「警察の到着まで待たなくても、取り返した盗品をミキさんに直接手渡しすることぐらいはできたはずなんです」

僕の意見に、和田さんが頷いた。

「だね。本当に急ぎの用事があったとしても、それぐらいはできた……というか、その彼がミキちゃんをストーキングしていたのなら、なにをおいてもそうするはずだ」

「でもそれをせずにすぐに立ち去ったのは、やはりミキさんと顔見知りだったからでは？」

いぶき先輩はその可能性を捨て切れないらしい。

「あるいは、そのときのヒーローと、今回の犯人はまったくの別人か」

僕は冷静さを取り戻そうと、静かに息を吐いた。予断は禁物だ。思い込みや決めつけが推理を誤ったほうに導き、取り返しのつかない結果を招くこともある。

僕は左に顔を向けた。

「いぶき先輩。電話を替わってもらえませんか」

正直なところ、僕の手には負えない。自分の判断が他人の生死にかかわるという重圧に耐えられない。その点、いぶき先輩なら安心だ。先輩なら、きっとなんとかしてくれる。

けれど、いぶき先輩はかぶりを振った。

「ダメです」

「どうしてですか。早くミキさんを助けないと」

「だからです」毅然とした口調だった。「ミキさんが比較的冷静に話ができているのは、電話の相手が早乙女くんだからです。早乙女くんの声を聞くことで安心できているのです。それが急にほかの人間に替わってしまったら、不安に押し潰されて話どころではなくなってしまうおそれがあります。早乙女くんが話すべきです」

「そうだよ、早乙女くん。ミキちゃんを安心させられるのはきみのイケボだけだ。なにかあったら、おれたちがサポートする。ねえ、いぶきちゃん」

和田さんの視線を受けたいぶき先輩が、僕を見て頷く。

「わかりました」

僕も頷き、指令台に向き直った。

4

『早乙女くん？　早乙女くん？』

これまで聞いたこともないほど、不安げなミキさんの声だった。

「もしもし。大丈夫です。僕はここにいます」

『私、どうなっちゃうの？』

「心配しないで。必ず助け出します」

『本当に？　そんなこと言われたら、信じちゃうよ？』

まだ軽口を叩く気力が残っていることに少し安堵する。

「信じてください。そして警察が行くまで、もう少しだけ頑張ってください」

ミキさんにというより、自分に言い聞かせていた。

『わかった。頑張る』

ミキさんの声に少し力が戻った気がする。

さて、ミキさんの所在地だ。相変わらずGPSの電波は届かない。どうやって居場所を特定するか。

「ミキさんが自宅に帰り着いたのは、何時ごろでしたか」

『お店が一時までで、わりとすぐに店を出てタクシーに乗って……渋滞もほとんどなくスムーズに着いたから、一時半ぐらいだと思う』

「こちらに入電があったのは午前二時十三分です。それまでずっと、車に乗せられていましたか」

『ううん。あいつが部屋を出ていったタイミングを見計らって電話してるから、この部屋に連れてこられてから十分ぐらい経って、それから電話した』

だとすれば移動時間は三十分ほど。手足を拘束した女性を乗せているから、万に一つでも警察に止められるような事態は避けたい。法定速度はきっちり守っていたはずだ。

となると、時速六〇キロでも移動距離は三〇キロ。四〇キロや三〇キロ制限の道路も通ったはずだから、実際にはもっと短いか。

僕の意図を察したらしく、いぶき先輩が事案端末に表示させた地図上に、タッチペンで円を描いた。中心にあるのはミキさんの自宅だ。犯人がミキさんを監禁しているのは、この円の内側。少しは絞り込めたけど、まだ不十分だ。全体が住宅密集地ではないものの、円内にはかなりの数の建物が存在している。

「そこに連れてこられるまでの景色とか、音とか、手がかりになるような情報はありませんか。どんな些細なことでもかまいません」

真剣に思い出そうとしてくれているのだろう。しばらく沈黙があった。

『ごめんなさい。わからない。車に乗せられてから目隠しされて、イヤホンみたいなのをつけられたから、なにも見ていないし聞いていないの』

「ノイズキャンセリング機能つきのイヤホンだな」と、和田さんが顔をしかめる。「音楽が流れていなくても、外部の音を遮断してくれるんだ。視覚と聴覚を遮断されていたら、時間や方向感覚もおかしくなっていただろう。周到だね。入念に犯行計画を立てていたのがわかる」

どうやら手がかりがほぼ期待できない。

どうしたらいいんだ。

途方に暮れていると、いぶき先輩が言った。

「視覚と聴覚がダメなら、嗅覚はどうでしょう」

匂いか。居場所の特定につながるかは疑問だけど、いまは藁にもすがりたい心境だ。

ミキさんに訊いてみよう。

「匂いはどうですか。なにか印象に残る匂いはありませんか」

あまり期待していなかったが、「それなら」とミキさんからすぐに回答があった。

『お線香の匂い』

「お線香、ですか」

『うん。車に連れ込まれそうになったときに、お婆ちゃん家みたいな、懐かしい感じの匂いがしたの。縛られて移動する間も、ずっとそんな匂いがしてた。いまは鼻が慣れたせいか、匂いがしてるかはわからないんだけど。あの匂いなんだろうってずっと考えてたの。あれたぶん、お線香だと思う』

「お線香の匂いが身体に染みつくような職業、ということではないでしょうか」

いぶき先輩が言った。

「線香の匂いが染みつくって……お坊さんとか葬祭業とかかな」

和田さんが首をひねる。

「円内にそういう業者がないか調べてみます」

いぶき先輩が自分の指令台に戻り、端末を操作し始める。

「それじゃ、おれは現場に急行できるように外に出ておく」

和田さんが指令台を離れようとしたそのときだった。

『待って』と、ミキさんの声がした。

いぶき先輩と和田さんがこちらを振り返る。

「どうしました」

僕はミキさんの震える息の気配を感じながら、耳を澄ます。

『足音が……やつが戻ってくる。どうしよう』

「いったん電話を切ってください」

『でも、切ったら次に電話できるチャンスがないかも』

それは僕も考えた。現段階でミキさんの居場所を特定できるほどの手がかりはない。少しでも情報が欲しい。けれども犯人を刺激してしまうことのほうが怖い。通話中であれば液晶画面が光を放つ。ミキさんのいる部屋は真っ暗なようなので、余計に目立つだろう。犯人に悟られる可能性も高い。

ミキさんは犯人の顔を見ている。

犯行に及ぶ際、ミキさんに顔を見られてもかまわないと考えていた。

つまり、犯人にはミキさんを生きて解放するつもりがない。

そのことをミキさんに伝えるべきか迷ったけど、これ以上不安にさせてはいけないと思い、黙っていた。

『大丈夫。背中に隠してバレないようにするから。居場所を特定できるように、頑張って手がかりを聞き出す』

「いえ。それは危険なので――」

しっ、と鋭い息で遮られた。

『もう来るから。音を立てないように気をつけて』

がさごそと音がするのは、ミキさんが体勢を変えているのだろう。手足を拘束された状態で、上手くスマートフォンを隠せているのだろうか。

全身を耳にして、漏れてくる音声に集中した。

やがてミキさんの声がした。

『眩しい』ということは、犯人が照明を点けたのか。通話中のスマートフォンに気づかれる確率がかなり下がった。僕は少しだけ安堵する。

『起きてたのかい』

今度は男性の声。こいつが犯人か。

『眩しいから起きたの。こんな明るくちゃ眠れない』

『それはすまないことをした。僕が起こしてしまったのか。ということは、ちゃんと眠れていたのかな』

『こんなんじゃなにもすることがないから、眠るしかないじゃない』

『ずいぶんと肝が据わってるんだね。普通はどんなに疲れていても眠れないよ。見ず知らずの男に拉致されて、監禁されている状況じゃ』

会話に耳を澄ませながら、犯人の声と、ひったくりからハンドバッグを取り返してくれたヒーローの声を重ねてみる。似ているような気もするし、そうでない気もする。

そもそも僕がヒーローと会話したのも、ほんの一、二言だ。「ああ」「いや。急ぐんで」「勘弁してくれ。本当に急いでいるから」それだけしか声を聞いていない。しかもあのときは一刻も早く現場を立ち去りたい、会話を終わらせたいという感じの、ぞんざいな口調だった。いまのねっとりしたしゃべり方とは、声の調子からしてまったく異なる。

そのとき、和田さんが呟いた。

「どこかで」そこまで言って、声が向こうに聞こえるのを恐れたのか、自分の口を手で覆う。なおもなにかを言いたそうにしていたので、僕は事案端末とタッチペンを渡した。

すると、和田さんはこう書いた。

――どこかで聞いた声。

僕ははっとして和田さんの顔を見る。

どこでですか。そう問いたい意図が伝わったらしい。肩をすくめるしぐさが返ってきた。どこで聞いたのかは思い出せないようだ。

和田さんが声に聞き覚えがあるということは、前歴があるのだろうか。あるいは事件の関係者。もしくは、警察関係者……？

まさか。僕は電話越しの会話に意識を集中した。

『ここはどこなの』

『そんなこと、ミキは知らなくていい』

『じゃあ教えなくていいから、ここから出して。あなたのことは誰にも言わないから』

『取り引きしているつもりなのかい。ミキは自分の立場を理解していないようだ。そんなことができる立場じゃないだろう』

『私をどうするつもりなの』

『それはミキの出方次第だ』

僕には声から人物を特定することができない。和田さんを見ると、腕組みをして目を閉じていた。たしかに聞き覚えはある。けれど、どこで聞いたのかどうしても思い出せないという雰囲気だ。

『どうすればここから出してくれるの』

『ここから出るという選択肢はない。ミキにあるのは、ここでどうやって過ごすか、という選択肢だけだ』

さらりと飛び出した恐ろしい発言に、全身の肌が粟立った。

『どういうこと？』

『ここで僕と幸せに過ごすのか、それとも、僕を拒んでここで死ぬか。ミキに選ばせてあげる』

『どっちも無理なんだけど』

『それはダメだ。どっちかを選ばないと』

ミキさんが黙り込む。

不本意かもしれないけど、この場面であまり犯人を刺激しないで欲しい。僕は全身を硬直させながら、祈るような気持ちだった。

『あなたと幸せに過ごすっていっても、私、あなたの名前すら知らないんだけど』

「いいぞ」と和田さんが唇を動かす。ここで犯人が名乗ってくれれば、俄然、身元の特定が容易になる。

だが、期待通りにはならなかった。

『名前なんか意味ない。ミキの好きなように呼んでくれてかまわない』

和田さんが悔しそうに地団駄を踏むジェスチャーをする。

『あなただけが私のことを一方的に知ってるなんて、ずるくない？』

『そうかな』

『そうよ。相手のことを知らないと、好きになんてなれない』

『でもミキは、声だけであの男のことを好きになったんじゃないのか』

背筋が冷たくなった。

あの男ってたぶん……いや、ぜったいに僕のことだよな？

あのときのヒーローがミキさんを拉致監禁している犯人だとすれば予想はできたこ

とだけど、それでもいざ言葉にされると衝撃だった。

男の素性にまったく心当たりがないミキさんにとって、衝撃はより大きかったに違いない。一瞬、虚を衝かれたような沈黙が挟まる。

だけど、ミキさんは気丈だった。

『あの男って、誰のこと？』

こんな状況でも僕をかばってくれる。

『あの男だよ。ミキがひったくりに遭ったっていうのに、なにもできずに突っ立ってただけの無能』

視界がぐらりと揺れた。

顔を上げると、和田さんから頷きが返ってくる。

『もしかして、あなた、あのときの……？』

『そうだよ。おれはミキのために身体を張った。あいつは口だけだ。〈万里眼〉なんて呼ばれて仕事ができる男を装っているみたいだが、結局は口先だけの男なんだ』

「え……？」

無意識に声を漏らしていた。

いま〈万里眼〉って言った？

『そんなことない。れ……あの人はすごくやさしいんだから』

僕の名前を口にしようとしたミキさんがとっさに「あの人」という呼び方に変えたのは、犯人に僕の名前を教えたくないと思ったからだろう。

でもたぶん、犯人はすでに知っている。僕の名前も、それ以外のいろんなことも。

『やさしかったらひったくりに立ち向かっている。あいつはなにもしなかった。臆病だし卑怯だし、情けないやつだ』

『違う。そんなことない』と、ミキさんはきっぱり否定した。

『あなたに彼のなにがわかるって言うの。最初はたしかに、良い声だって思ったから興味を持った。それがきっかけだったのは否定しない。だけど、話していくうちに彼のやさしさや、誠実さや、仕事にかける思いに気づいた。そりゃ不器用だしスマートじゃないし気が利かないし優柔不断だし、女の扱いに慣れたうちのスナックのお客さんとは違うよ。でも彼には彼の良いところがある。それがわかったからいいなと思ったの。よく知らないで好きになったんじゃない。知ることでどんどん好きになったの』

恥ずかしさで顔から火を噴きそうになる。ミキさん、そんなふうに僕のことを思ってくれていたんだ。同時に、犯人の前でそんな話をしたら刺激することになるんじゃないかと、ひやひやしていた。

『ミキはあの男に騙されてる。あの男は嘘をついてるんだ』

『そんなことない。彼は嘘だけはつかない』

『あいつは〈万里眼〉じゃない』

呼吸の止まる感覚があった。

犯人は続ける。

『嘘！』

『嘘じゃない。あいつは〈万里眼〉じゃない。〈万里眼〉を騙っているだけの偽者だ』

『じゃあ誰が本物なの』

『それはわからない。だけど、あいつが〈万里眼〉じゃないことだけは間違いない。信じてくれ』

『なにするの！　やめてっ』

ミキさんの声が響き、全身が硬直する。

『どうして信じてくれないんだ。ミキはあの男に騙されてるんだ。あんなやつより僕を選ぶべきだ。一緒にここで暮らそう。な。どう考えても、あんな男より僕のほうがミキを愛している』

犯人の声の途中で、がたがたとなにかにぶつかるような激しい音がする。犯人がミキさんの両肩をつかみ、ミキさんが身をよじって懸命に拒絶する。正確かどうかはわからないが、僕はそんな光景を脳裏に描いていた。

『離して……やめてっ！』

どすん、という鈍い音。やや遠くに聞こえるので、倒れたのはミキさんではなく、犯人のほうか。抵抗するミキさんに蹴られたのだろうか。『痛た……』という犯人の声が聞こえる。

『おまえ……ふざけんじゃないぞ！』

犯人の怒声が響く。

『やめて！　助けて！』

ミキさんの悲鳴を最後に、通話が切れた。

5

完全な静寂の中で、通話終了を告げるプーッ、プーッ、という無機質な音だけが響き渡っていた。

通話が切れた。発信地点は特定できておらず、犯人の素性についてもわかっていないのに。

着信履歴にかけ直すことは可能だが、ミキさんが警察に通報した事実を知られてしまうおそれがある。犯人を刺激しないためにも、避けるべきだろう。

最悪だ。最悪な状況だ。

だが途方に暮れる時間はない。なんとかしなければ。

急がないと、ミキさんが――。

僕はいぶき先輩のほうを見た。

「葬祭場や寺院などは？」

いぶき先輩はミキさんの自宅から半径三〇キロ圏内にある葬祭場や寺院などを調べてくれていたはずだ。

「葬祭場が一つに、寺院が五つありました」

「けっこうあるもんだな」

和田さんが渋い顔をする。しらみ潰（つぶ）しにしていては間に合わない。

「けっこうあるんです。ですが」といぶき先輩が僕と和田さんの顔を交互に見る。

「葬祭業者や僧侶（そうりょ）という犯人像は、間違っているかもしれません」

「なんでですか」

僕は無意識に椅子から腰を浮かせていた。通話が切れて新たな手がかりが望めない以上、それだけが唯一の希望だったのに。

「先ほどの通話の内容から、ミキさんを拉致（らち）した犯人が〈出せ出せ男〉であるのは間違いないと思われます」

「ああ。驚いたね。まさか〈出せ出せ男〉の狙いが早乙女くんだったとは」

和田さんが唇を曲げる。

「早乙女くんが標的というより、早乙女くんが〈万里眼〉でないことを確認したかったのでしょう。ミキさんは早乙女くんについて、〈万里眼〉という二つ名がつくほど凄腕の通信指令課員だとあちこちで自慢していた。しかし実際の早乙女くんを見る限り、とてもそうは思えなかった」

思わず頬がひきつったけど、いぶき先輩の言う通りだ。犯人がミキさんをつけ狙っていて、僕と彼女が一緒にいるときの会話を盗み聞きしていたのなら、伝説の通信指令課員だなんてとても信じられないだろう。

僕は〈万里眼〉の噂について肯定も否定もしていない。いぶき先輩がそう呼ばれることを嫌っているから、僕のことを〈万里眼〉だと誤解する人がいるなら、それでかまわないと考えていた。それはミキさんにたいしても同じで、僕のことを伝説の通信指令課員だと考えるミキさんの誤解を解消しようとはしなかった。

実際の僕は〈万里眼〉ではない。女性と話すだけで顔じゅう汗だくになり、しどろもどろになって話にとりとめがなくなる。ミキさんに好意を抱き、彼女を監視する犯人がその様子を見たら、僕が自分を大きく見せようとして嘘をついているとしか思えないだろう。

「〈出せ出せ男〉は〈万里眼〉に恨みを抱いているわけでもなく、〈万里眼〉にたいしてなにかをしようとたくらんでいたわけでもなかった。早乙女くんが〈万里眼〉でないことを確認できればそれでよかったんだ」

和田さんが手の平を反対のこぶしで打つ。ぱしん、と乾いた音が響いた。

「結局、僕が原因だったんだ」

ミキさんのハンドバッグを取り戻したときの、不自然な挙動。あの男は僕にハンドバッグを渡すと、そそくさと現場を立ち去った。あれは前歴があったとかではなく、ミキさんに顔を覚えられないためと、あとは僕にたいする敵意からだったのだろう。あるいは、長く話すことによって自分が〈出せ出せ男〉であると知られるのを恐れたのか。

僕はがっくりと肩を落とした。いぶき先輩を守る、通信指令課の仲間を守るなんて息巻いていたけど、〈出せ出せ男〉の狙いは僕だった。独り相撲もいいところだ。

「早乙女くんはなにも悪くありません。悪いのは犯人です。ミキさんのことが好きなら、直接気持ちを伝えればいいだけの話です」

「そうだよ、早乙女くん。いぶきちゃんの言う通りだ。ミキちゃんは〈出せ出せ男〉の顔に見覚えがないって言ってるんだ。ってことは、正面切って告白すらしていない。きちんと自分の想いを伝えることすらせずに一人でくよくよ考えて恋愛感情を変にこじらせた挙げ句、恋敵の足を引っ張ろうとしたり、好きな女の子を拉致するなんて、まともな大人のすることじゃない」

なぜだろう。二人の慰めの言葉が、すごく胸に刺さる。想いを口にすることができずにくよくよ考えてこじらせるって、まるで僕じゃないか。僕は大別すれば〈出せ出せ男〉と同じ側の人間なのかもしれない。

「とにかく」といぶき先輩が話の筋を戻す。

「犯人が〈出せ出せ男〉ならば、毎日県内を移動する仕事をしていることになります」

「そうか。〈出せ出せ男〉は県内各地の公衆電話から迷惑通報を繰り返していたんでした」

僕ははっとなった。

「葬祭業も僧侶も、毎日いろんなとこに行くんじゃないの。亡くなった人の家からご遺体を搬送したり、お坊さんなら、法事とかで檀家を回ったりもするでしょう」

そう言う和田さんに、いぶき先輩が反論する。

「ですがどちらも拠点があります。葬祭業の場合は葬儀場や斎場が、僧侶の場合は寺院が拠点です。拠点を中心に業務を行なうので、行動範囲も限られてくる」

「たしかに。〈出せ出せ男〉の行動範囲は県内全域から隣県にまで及んでいる。寺院の檀家はそこまで広い範囲ではないだろうし、葬祭業だって、葬式をわざわざ遠いところでやろうとは思わない。そういう意味では商圏がある程度限られている」

「それじゃ、犯人の手がかりはいっさいなくなったってことですか」

僕はいぶき先輩に訊いた。焦りを抑えようと心がけたつもりが、どうしても声が波打ってしまう。

「いいえ。お線香の匂いが染みついていたというのは、大きな手がかりになると思います。犯人がそういった仕事をしていたのは、間違いないかと」

「でも線香を日常的に扱う仕事って、それこそ葬祭業者とかお坊さんぐらいしか思い浮かばないけどな。あるいは、仏具店……でも仏具店だと、行動範囲が県内全域に及ぶことはないか。あとは線香を作ってる工場の職人とかぐらいか」

和田さんが困り顔で顎をかく。

「本当にお線香なんですかね」

僕の口にした疑問に、いぶき先輩が反応した。

「どういうことですか」

「いや。ミキさんは匂いを嗅いだだけで、実際にお線香を焚いている場面を見たわけではありません。線香だと断言したわけではなく、たぶんお線香だと思う、と言っただけです。線香じゃない別のものの匂いを、線香と思った可能性もあるんじゃないですか」

ああ、と和田さんが声を漏らす。

「あるかもしれない。線香の匂いに似たなにか……ってことだね」

「そうです。たとえばアロマとかお香とかの中には、線香に近い匂いのものがあります」

「あとはお灸とか……」

いぶき先輩が虚空を見上げて呟く。

しばらく思索に耽る沈黙があって、「お灸！」と和田さんが大声を上げた。僕といぶき先輩は両肩を跳ね上げる。

「お灸だよ。お灸。そうだ。思い出した」

和田さんが興奮している理由がわからずに、僕といぶき先輩は互いの顔を見合わせる。

「なにを思い出したんですか」

僕の質問に、和田さんは珍しく声をうわずらせながら答えた。

「犯人の声、どこで聞いたのか思いだしたんだ」

いぶき先輩が息を呑む気配を感じた。

「どこでですか」

「鍼灸師だよ。前に話しただろう？　ポストにチラシが入ってたから、うちに来てもらったって」

全身の産毛が逆立った。

「出張鍼灸師ですか」

「そう、しかも出張専門だよ。あのときうちに来た鍼灸師に、犯人の声はすごく似ている。っていうか、たぶん同一人物だと思う。出張専門の鍼灸師ならば拠点を持たずに活動するから毎日県内各地のいろんな場所に行くだろうし、お灸の匂いは線香の匂いにも似ている」

そういえば和田さんが鍼灸の施術を受けた翌日、和田さんの服に染み付いた匂いをいぶき先輩がお線香の匂いだと言ったことがあった。

「すべて条件に当てはまりますね、いぶき先輩」

いぶき先輩は頷いた。

「和田さんのお宅のポストに出張鍼灸師のチラシが入っていたのは、偶然ではなかったのかもしれません」

「おれもそう思う。〈出せ出せ男〉は〈万里眼〉についての情報を収集すべく、早乙女くんに近い警察関係者の家のポストにチラシを投函していた。その網に、おれがまんまと引っかかったってわけだ」

悔しそうに顔をしかめる和田さんに、いぶき先輩が訊いた。

「施術の間、どういう会話をしたのですか」

「とくにこれといって実のある話はしてないけどね。どこそこが凝ってるとか、リンパがどうこうとかのいかにもな話から、プライベートな話題だとお休みの日はなにをしているんですかとか、仕事はなにをしてるんですかとか美容室みたいな質問をされたけど、適当にはぐらかした。警察官だって知られたらのちのち面倒なことになるかもしれないしね。でも……やつにはわかってたってことか」

和田さんのことだから、うっかり口を滑らせたりもしていないだろう。

「その鍼灸師が〈出せ出せ男〉であり、ミキさんを拉致した犯人と考えて間違いないんでしょうか」

ここでのミスは文字通り命取りになる。ぜったいに間違うわけにはいかない。

和田さんはしばらく虚空を見上げ、頷いた。

「間違いない。そいつの顔を思い出してみたが、眉の太い濃い顔をしていた。イケメンかどうかは意見の分かれるところかもしれないけど、ひったくり犯から盗品を取り返した男と外見の特徴が一致する」

「私は当人の顔を見ていませんが、早乙女くん、和田さん、ミキさんの口にする外見的特徴、和田さんの記憶に残っていた声、お灸の匂い、県内各地から迷惑通報を繰り返した〈出せ出せ男〉の行動などから、その鍼灸師が〈出せ出せ男〉であり、ミキさんを拉致監禁した犯人と考えて間違いないと思います」

に向ける。

「山根雄輔（やまねゆうすけ）」と和田さんがスマートフォンを見ながら名前を口にし、液晶画面を僕ら

「鍼灸師が帰りに名刺を置いていったから、電話帳に登録しておいたんだ」

「電話番号がわかるんですか」

僕は自分の鼻息が荒くなっているのに気づいた。興奮を抑えられない。名前も電話番号もわかっているなら、住所の特定だって時間の問題だ。

「その番号、見せていただけますか」

いぶき先輩に要求され、和田さんがスマートフォンを彼女に近づける。いぶき先輩は液晶画面を凝視しながら、右手で素早くテンキーを操作した。

最後にかたん、と『発信』ボタンが押されたとき、僕は「あっ」と声を上げた。

そういうことか。電話会社に協力を仰ぐ必要もない。指令台から電話をつなぐことで、GPSから相手の所在地が即座にわかる。そして相手の所在地を示す赤い丸がミキさんの自宅を中心とした三〇キロ圏内にあれば、犯人である可能性が限りなく高いといえるだろう。

問題は、山根のスマートフォンがGPSの電波を受信できる状況にあるか、だ。ミキさんが監禁されているのはおそらく窓のないコンクリート造の狭い空間で、GPSの電波を受信できない環境だ。だから通話はできるけど、発信地点を特定できない。

山根の携帯電話が同じ空間に持ち込まれているのなら、アウトだ。

呼び出し音が鳴り始めるまでのほんの一瞬。けれど永遠に感じられるほどの、長い一瞬だった。

プルルルル……。

呼び出し音が聞こえ始めたと同時に、「よっしゃ！」僕は立ち上がってガッツポーズをしていた。

いぶき先輩の指令台の地図システム端末画面には、通信指令室からの発信を受けたスマートフォンの所在地を示す、赤い丸が表示されていたのだ。

「おれはこれからこの場所に急行する。現場近くの所轄に連絡して、手が空いているやつを片っ端から向かわせてくれ」

「了解です」

僕は振り返り、両手をメガホンにして、後方の指令台で僕の通話をモニタリングしていたであろう同僚たちに大声で呼びかけた。

「拉致された女性は、いぶき先輩の地図システム端末画面に表示されたポイントに監禁されています！　付近の所轄からできる限り多くの署員を向かわせてください！」

「わかった！」

「任せておけ！」

「早乙女の初めての彼女、ぜったいに救い出してやろうぜ！」

やや誤解も交じっているようだが、みんなのモチベーション的には訂正しないほうがいいか。

同僚たちがいっせいに動き出す。これで山根に逃げられることはないだろう。

問題は、ミキさんが無事かどうかだ。

──やめて！　助けて！

ミキさんの悲痛な叫びが鼓膜の奥によみがえり、僕は目を閉じた。暴れて抵抗したミキさんにたいし、山根は激昂した様子だった。通話の切れ方から考えて、ミキさんが自分の意思で切ったか、もしくは誤って通話終了ボタンを押したかだと思うので、あの時点で通報はバレていなかったはずだ。でもその後はわからない。どうなったのだろう。無事でいてくれるといいけど。

そのときだった。

『もしもし』

ふいに聞こえてきた男の声に、呼吸が詰まった。

間違いない。ついさっき、ミキさんの電話越しに聞こえてきたのと、同一人物の声だ。

こいつがミキさんを拉致監禁している犯人だ。

「もしもし、Z県警一一〇番です。山根雄輔さんの携帯電話でよろしかったでしょうか」

いぶき先輩の問いかけに応じたのは、なぜか寝ぼけた声だった。

『そうですが、こんな時間になんですか』

僕は確信した。

ミキさんは自分のスマホを隠し通した。そして警察に通報されたことに、山根は気づいていない。

それなら――。

僕は立ち上がり、いぶき先輩の指令台に歩み寄った。

いぶき先輩が僕を見上げ、どうしたの？　という感じで首をかしげる。

先輩すみません。失礼します。

僕は心の中で謝り、四番台の『三者』ボタンを押した。

「あっ」と先輩が小さな声を上げる。

僕はヘッドセットマイクに向けて語りかけた。

「お電話替わりました。Z県警通信指令課の早乙女です。いや、こう言ったほうが伝わるかな。県警内では〈万里眼〉と呼ばれています」

電話の向こうで息を呑む気配がした。

6

『ま……万里眼？』

山根の声が震えている。

「そうです。僕が〈万里眼〉です。ずっと僕と話したかったんですよね？　だからこちらから電話させてもらいました」

しばしの沈黙を挟んで、山根が言う。

『なにをおっしゃっているのか、私にはわかりません』

「とぼけても無駄です。あなたが県内各地の公衆電話から迷惑通報を繰り返していたのはわかっています。山根雄輔さん」

山根が押し黙る。やがて聞こえてきた声は、開き直ったような響きを帯びていた。

『証拠はあるんですか。私が迷惑通報を繰り返していたという証拠は』

ない。だがそれを悟られるわけにはいかない。僕は〈万里眼〉なのだ。

「県警本部に来てくだされば、お見せします」

『冗談でしょう。なんで警察に行かないといけないんだ。逮捕するっていうのか』

逮捕されないと決めてかかっているような口調だった。

「迷惑通報は立派な犯罪ですから、逮捕することはできます」

実際にはそれよりも重大な罪を犯しているはずだが、いまはまだ触れない。この電話はあくまで迷惑通報についてのもの。僕が追及し、山根が反論や弁明をする。論破する必要はない。狙いはあくまで時間稼ぎだ。地図システム端末画面を確認したところ、最寄りの所轄署から複数台のパトカーが山根宅に急行している。臨場までたぶん十分もかからない。その間、会話を引きのばし、ミキさんに危害が及ばないようにする。

『できるかもしれないけど実際に逮捕はしないでしょう。不要不急の用件で通報してきた相手をいちいち逮捕してたら、キリがない』

「ご存じないんですか。迷惑通報を繰り返して逮捕された例はあるんです」

もっとも、実際に逮捕された男は三千八百七十五回もの無用な一一〇番通報を行なっていた。愛知県に住む五十四歳の男が、多い日で二百五十四回も電話していたという事案だ。そこまで極端なケースでないと、普通は逮捕に至らない。

けれど逮捕されたケースがあるのか、事前に調べているわけでもないだろう。山根だって迷惑通報で逮捕された事例の詳細まで伝えなければ、相手にはわからない。

案の定、意表を突かれたような間が空いた。

やがて気を取り直したように強気に出てくる。

『逮捕するならすればいい』

「それは犯行を認めたと解釈していいんですか」

『どうせ微罪だろう。実刑にはならない』

口調が乱暴になっただけでなく、完全に敬語が外れていた。

「強気ですね。軽微な罪で逮捕されて一日二日拘束されたぐらいじゃ、あまり応えませんよね。あなたは勤め人じゃない。出張で鍼灸治療を行なっている個人事業主だ」

ぐっ、と言葉を喉に詰まらせる気配。個人情報を握られているとわかって、さすがに少し怯んだか。

「僕たち雇われ人は、警察に逮捕されるだけで人生がめちゃくちゃになっちゃうけど、その点フリーランスは強い。いつでもどこでも営業できる。〈万里眼〉の情報を集めるために、警察関係者の住宅のポストにチラシを投函して営業活動したりも」

『あんた、なにを言ってる』

「ミキさんに恋愛感情を抱き、彼女の行動を監視していたあなたは、彼女が〈万里眼〉の話をしていたのを盗み聞きした。〈万里眼〉とは一一〇番通報からえられるわずかな情報だけで事件の真相を見抜いてしまう凄腕の通信指令課員の通称であり、同時に彼女が好意を抱く相手でもあった。ところが、彼女がときどきランチをともにしている警察官――つまり僕を観察する限り、とてもそんなすぐれた警察官とは思えない。そこであなたは考えた。ミキさんは騙されている。早乙女という男は自分を大きく見せるために〈万里眼〉を騙っているのだ――と。違いますか」

『知らない』

発言の内容とは裏腹に、声からは明らかな動揺が伝わってきた。

「あなたは〈万里眼〉の正体を暴こうと思い立った。僕以外の人間が〈万里眼〉であれば、僕は嘘をついていることになる。そして僕の嘘を知ったミキさんは、僕にたいする興味を失う。そう考えたのでしょう。あなたは警察関係者の住まいに鍼灸の出張施術のチラシをポスティングして回った。そして施術を依頼してきた警察官にたいして世間話を装い、〈万里眼〉の正体に迫ろうとした。ところが思ったほど情報は集まらなかった。それもそのはずです。県警内で〈万里眼〉を知らない者はいないけど、その正体まで知る人間は少ない。だからあなたは〈万里眼〉の同僚に直接訊ねることにした。日常的に接している同僚なら、その正体を知らないはずがない。一一〇番に電話して〈万里眼〉を出せと要求するのです。不要不急の通報が法に触れることは理解していたが、幸いなことに、あなたは仕事で毎日県内を移動している。公衆電話からかければ逆探知やGPSで身元を特定される心配もない。けれども上手くいかなかった。通信指令課の警官たちは〈万里眼〉に取り次ぐどころか、その存在すら認めようとしない。あなたは苛立ちを募らせた」

そこで僕はいったん言葉を切り、深呼吸をした。

山根の息の気配が伝わる。懸命に自らを鎮めようとするかのような、不規則な息遣い。

「あなたは出張施術と迷惑通報での情報収集をこころみながら、空いた時間でミキさんの行動を監視していた。そんなとき、ミキさんがひったくりに遭う。ミキさんを監視していたあなたは即座に反応し、ひったくりからミキさんのハンドバッグを取り戻した」

電話口で絶句する気配があった。迷惑通報の犯人とひったくりから盗品を取り戻した謎の男を結びつけられ、驚いたようだ。

その反応で僕は確信を深めつつ、続けた。

「あのとき警察の捜査に協力せずに立ち去ったのには、いくつか理由があった。まずはミキさんに顔を覚えられたくないということ。覚えられてしまえば、今後ミキさんの後をつけたりしにくくなりますからね。そして僕への敵愾心。嘘を暴いて僕の評価を下げようと躍起になっていたのだから、かかわり合いになりたくないのは当然と言えます。そして自分が迷惑通報を繰り返し、法を犯しているという後ろめたさ。迷惑通報の際には機械で声を変えているし、捜査に協力しただけでバレるおそれは低いでしょうが、やはり法を犯している自覚がある人間にとって、警察とのかかわりは怖いものです」

黙って話を聞いていた山根が、ふんと鼻を鳴らした。

『わかりました。迷惑通報を繰り返していたのは私です。それは認めます。出頭が必要だったら後で必ずそうしますし、罰金や禁固刑になるとしても従います。とりあえずこんな時間なので、夜が明けたらあらためて、というかたちでいいですか』

どんなかたちでもいいから話を終わらせたいという意図がよくわかるような、おざなりな口調だった。

「いいえ。ダメです」

『なんで。私が悪いことをしたのだから文句は言えないけど、それを踏まえてもこんな時間に電話をかけてくるのは非常識ですよね。警察の横暴じゃないですか』

「いや。でもですね……」

『とにかくいまは急いでいるんです。用事がありますので』

なんの「用事」だ。ミキさんになにをするつもりだ。

『もう切ります。後で出頭しますので』

「待て。僕は〈万里眼〉だぞ。ずっと〈万里眼〉を電話に出せと言っていたじゃないか。僕と話したかったんだろう」

『それについてはもういいです』

「すでに力ずくでミキさんを手に入れたから……ですか」

さすがに驚いたらしい。これまででもっとも深い沈黙があった。

『なんの話ですか』

「ミキさんを拉致して、監禁していますよね。これで僕が〈万里眼〉だと信用してくれますか」

心臓が早鐘を打っていた。

拉致監禁について言及するのは諸刃の剣だった。確実にこちらの話に興味を持たせられる半面、自暴自棄になった相手がミキさんに危害を加えるおそれがある。

「あなたのしたことは、すべてお見通しです」

もうこれ以上引きのばせない。誰でもいいから早く現着してくれ。

『ほお……さすが〈万里眼〉だ。気が弱そうでいかにも頼りない雰囲気だったから、ぜったい嘘だと思っていた』

懸命に虚勢を張っているらしく、声が波打っている。

「人は見かけによりません」

『見かけによる！』

突然大声がして、僕はびくっと身体を震わせた。

『見かけによるんだ。見かけによらないなんて綺麗事だ。みんな見かけで判断してるじゃないか。おれがこの見た目でどれだけいじめられてきたか』

僕は眉をひそめた。山根の顔は覚えている。眉が濃くて、彫りの深いイケメンだった。

もっとも、ミキさんと和田さんの意見も加味すれば、誰しもが認めるイケメンというわけではなさそうだけど、少なくとも僕はイケメンだと思った。十人並みどころか百人並みに印象の薄い僕に比べれば、ルックスで得をすることも多かったはずなのに。そんな黙っていても女性からモテそうな容姿にもかかわらず、どうして拉致監禁なんて犯罪に及ぶ必要があるのかと、疑問に思った。真っ正面からミキさんにアプローチすれば、もしかしたら受け入れてもらえたかもしれないのに。

その答えは、続く山根の台詞で明らかになった。

『おれだって日本人なんだ。母親が外国出身だってだけで、日本で生まれて日本で育った。言葉だって日本語しかしゃべれない。日本人なんだ』

山根はハーフなのか。

そのことが原因で、子どものころにいじめられた。だから自己評価が低くなってしまい、異性にたいして真っ直ぐに想いを伝えることができなくなった。

僕は急に、山根のことがかわいそうに思えてきた。僕は山根みたいにイケメンではないけれど、山根みたいに目立つ容姿でもないから、いじめの標的にすらならなかった。山根に比べたら平穏な幼少期だったかもしれない。けれどなにが原因なのか、自分に自信を持てないという点では同じだ。なにごとにたいしてもつい尻込みしてしまう。そして行動力のある人たちを羨んだり、妬んだりしてしまう。自分が行動しなかったのを棚に上げて、そういう人たちをずるいと感じてしまう。きっと同じような思考で山根も自我をこじらせ、自己卑下を繰り返し、世間を恨むようになったのかもしれない。

「あなたの境遇には同情します。でもそれが罪を犯す理由にはなりません」

『わかってるさ。だから許してくれなんて言ってない。人は見た目がすべてだって、そう言いたいだけだ。しょせん、人は見た目で判断する。おれだって、ミキの容姿に興味を惹かれたわけだしな』

「ミキさんとあなたに、接点はありませんよね」

『あれ？　〈万里眼〉にもわからないことがあるんだな』

挑発するような口調だった。

『彼女の父親に依頼されて、施術したことがあったんだ。デカい会社の社長さんで、会社の部下が以前におれの施術を受けて、紹介してくれたんだ。腕の良い鍼灸師がいるってな。だから呼ばれて行った。あの旅館みたいなお屋敷にな』

旅館みたいなお屋敷。ミキさんは予想以上にお嬢さまらしい。まったく知らなかったし、知ろうともしなかった自分を恥じた。それがおれとミキの出会い』

「出会ってはいませんよね、少なくともミキさんは。あなたが一方的に気に入っただけです」

『それはあんたの解釈だ。おれにとっては、運命の出会いだった。おれはミキを見て、気に入った。自分のものにしようと決めた』

「そう思ったのなら、その想いを伝えればよかったのに」

どの口が言うんだと、我ながら思う。自己評価の低さゆえにこじらせてしまった人間の内面は、痛いほど理解できる。

認めたくはないが、でもやっぱり、そう思わずにいられない。山根は僕と似ている。相通じるものを感じる。けれど明確に違う面もある。

僕はこじらせた結果、行動に移せずにひたすら悶々とする。けれど山根は正攻法でない手段で、欲しいものを手に入れようとした。行動力はあるのだ。ならばその行動力を、違う方向に向けるべきだった。受け入れてもらえるかはわからなくても、真っ直ぐに想いを伝えるべきだった。

『言っただろう。しょせん人は見た目で判断する。ただしイケメンに限る、だ』

「僕はあなたをイケメンだと思いましたが」

意表を突かれたらしく、山根が束の間、沈黙する。

『あんたにそんなふうに思われても意味がない』

「僕が思ったのなら、ミキさんだってそう思ったかもしれません」

『あんたみたいな薄い顔を好きな女が、おれの顔が好みなわけない』

「でもミキさんは、僕の顔を好きになってくれたわけではありません。ご存じですよね」

電話口で息を呑む気配があった。

「彼女との出会いは、彼女が勤めるスナックの揉め事で彼女が通報してきたことでした。そのときに僕の声を気に入ってくれたらしく、たびたび一一〇番してくるようになったんです。迷惑通報は困るので個人的な連絡先を交換し、休日に会うようになりました。電話越しの出会いなので、少なくとも僕の容姿を気に入ってくれたわけではありませんよね」

山根は黙り込んでいる。僕の話にじっと耳をかたむけているようでもあった。良い傾向だ。

僕は地図システム端末画面を確認する。パトカーを示す四角いマークが、赤い丸に接近している。おそらく現着まであと二、三分。

「僕は最初、会いたいと言われても断っていました。市民と個人的な関係を持つことで面倒を招きたくないという思いもありましたが、同時に、実際に会ったところで彼女を落胆させてしまうだけだという諦めもありました。僕は容姿に自信がないし、女性と接するのが苦手だし、いまだに女性と付き合ったことがありません。だから女性を楽しませる自信がなかったし、会ったところで、彼女をがっかりさせるだけだと決めつけていたんです。でも、そうはならなかった」

ミキさんは僕の容姿も、話し下手なところも、煮え切らない態度も受け入れてくれた。僕と過ごしてなにが楽しいのかわからないけど、繰り返し連絡をくれたし、食事に誘ってくれた。振り返ってみれば、ミキさんのおかげで僕は少しずつ自分に自信を持ち、自分を好きになれた。他人に肯定してもらえることでしか自分に価値を見出せないなんて情けないし格好悪いと思うけど、実際に効果は絶大だった。人は人に求められることで、自分に価値を見出すことができる。

それなのに僕は感謝の言葉すら口にせず、彼女からの連絡を迷惑がったりして……。

謝りたい。そしてきちんと彼女に、感謝の言葉を伝えたい。

そのためにも、彼女を救い出さねば。

僕は地図システム端末画面を凝視しながら、山根に語りかけていた。

「人はつい、他人を見た目で判断してしまう。僕もそうだし、あなたもそうだった。でも自分がそうだからって、みんながそうだとは限らないんです。その例外が、ミキさんだった。彼女は人を見た目で判断しない。だからあなたは、腕力に訴えて彼女を拉致したりするのではなく、真正面からぶつかってみるべきだった」

僕と山根は似ている。だからこの話も響くはず。実際に手応えを感じる。

そう思っていたのだが、山根から返ってきたのは、ふふっ、と勝ち誇ったような、不快な笑い声だった。

『もうどうでもいい。あんたはまだ、ミキとは付き合っていないんだよな。そしていま、ミキはおれのところにいる。おれの勝ちだ。ミキをどうするかは、おれ次第だ』

背筋を冷たい感触が滑りおちた。

「警察官がそっちに向かっている。妙なことは考えないほうがいい」

『警官が来るなら、その前にミキをおれのものにするだけだ』

「やめろ！」

『よく聞いとけ〈万里眼〉さん、愛する女がほかの男のものになる瞬間の声を』

「山根！」

僕が立ち上がったとき、遠くに電子音のメロディーが聞こえた。玄関チャイム。パトカーが現着したようだ。チャイムが何度か連続した後、「山根さーん。こんな時間に恐れ入ります。いらっしゃいますかー」と呼びかける声がする。

「違う！　そうじゃない！　鍵をこじ開けるかガラスを割るかして突入しないと！」

僕は背後の無線指令台を振り返りながら言った。現場の警察官には、いまがどういう状況かピンと来ていない。

山根はもはや、警察から逃れようとしていない。逮捕されるのを覚悟の上で、本懐を遂げようとしている。

扉を開け閉めする音。山根が警察官の求めに応じたのかと思ったけど、違うようだ。話し声は聞こえず、土の上を歩くような足音だけが響く。

玄関とは別の出入り口から逃げた？

そう思った次の瞬間、ぎいっと扉を開けるような音がした。

『なになに？　なに、急に？』

ミキさんの声だ。

どういう状況だ。いったん外に出た後で、ふたたびどこかの建物に入った？　そこにミキさんが？

いぶき先輩が弾かれたように僕を見る。

「母屋とは別に倉庫のようなものがあるのでは」

そうだ。音を聞く限り、そう判断できる。自宅がコンクリート造なのか、あるいは地下室でもあるのかと思っていたけど、監禁場所は自宅の外にある。

「聞こえますか！　敷地の中に倉庫はありますか？　被害女性はそこに監禁されてい

ると思われます！　急いで捜して！」

いぶき先輩が現場の警察官に呼びかける。僕のほうのヘッドセットからは、扉の閉まる音が聞こえてきた。

続いて、山根とミキさんの言い争う声。

『時間がない！　早く脱げ！』

『イヤだ！　なにするの！　やめて！』

なにかが床に落ちたり、壁にぶつかったりするような、激しい物音。山根がミキさんに襲いかかり、ミキさんが懸命に抵抗しているのだろう。

「早く！　早く突入させて！」

無線指令台に向かって叫びながら胸が潰れそうだった。電話越しにミキさんが酷い目に遭っているのに、僕にはなにもできない。現場に向かった仲間を信じることしか。ミキさんの無事を祈ることしか。

どすん、とひときわ大きな音が聞こえ、全身から血の気が引いた。

いったいなんの音だ。

いぶき先輩と目が合った。さすがのいぶき先輩も、瞳に不安と混乱を浮かべている。

なにが起こった？

おそらく、この通信指令室の誰もがそう思った。だが誰も口を開かないのは、回線の向こう側にじっと耳を澄ませているからだ。次に起こるどんな音も聞き漏らしたくない。だから口を開けない。それどころか、身じろぎひとつできないでいる。

これほどまでに静かな通信指令室は、一年前の着任以来初めてだった。

だが静寂は、ミキさんの悲鳴によって破られた。

続いて、山根の怒声が聞こえる。

『てめえ、この野郎！　ぶっ殺してやる！』

ふたたび激しく争う物音。通信指令室も止まっていた時間が流れ出したように、慌ただしさを取り戻す。

僕は無線指令台の担当者を振り返った。

「現場に早く突入命令を！」

担当者は青い顔で頷き、現場の警察官に呼びかける。

そのとき、肩になにかが触れた。

不思議なことに、その瞬間、全身から力みが消えた気がした。焦りとか、怒りとか、そういったネガティブな感情がすべて霧散した。

いぶき先輩だった。

いぶき先輩が、僕の肩に手を置いていた。不思議な力で毒気を抜かれて虚脱状態になった僕は、しばらくいぶき先輩と見つめ合っていた。しばらくといっても、僕にはスローモーションのように感じられただけで、実際には一、二秒だろう。

やがていぶき先輩が口を開く。

「音がやみました」

「へ？」と間抜けな声を出してから気づく。

たしかに音がやんでいる。ヘッドセットからはなにも聞こえない。

ミキさんが悲鳴を上げ、山根が怒鳴り、激しく争うような物音がして……その後、どうなった？

ふたたび通信指令室に硬い静寂が訪れた。あれだけ激しく争っていたのが、なぜ急に静かになった。誰も答えを見つけられずに、誰もが電話越しに聞こえてくる音に答えを求めている。被害者の無事を祈りながら。油断すると頭をもたげる最悪の想像を、必死に打ち消しながら。

しばらくして、ガチャガチャと音がした。

そして聞こえてきたのは、和田さんの声だった。

『もしもーし。早乙女くん？　いぶきちゃん？　あとたぶん、手の空いた通信指令課員はみんな、この通話をモニタリングしてるよね。こちら和田。たったいま、山根を逮捕監禁、傷害、あと公務執行妨害の現行犯で逮捕。ミキちゃんも山根に抵抗したときにすりむいたりしたみたいだけど、たいしたことはない。なにより、ちゃんと服を着てる。大丈夫……だよね？』

『はい。大丈夫です』とミキさんの声がした。これから山根を所轄署に連行します。今回も労せずして手柄を立てさせてくれてありがとう』

通信指令室じゅうから一斉に歓声と拍手が起こった。

よかった。ミキさん、無事だった。

そう思った瞬間、立っていられなくなり、僕は椅子にすとんと腰をおろした。興奮に沸き上がる仲間たちの声を聞きながら、達成感というより大きな疲労感に包まれていた。とにかく疲れた。終わってよかった。

そのとき、ヘッドセットからいぶき先輩の声が聞こえてくる。

『和田さん』

『はいはい。なんだい、いぶきちゃん』

『そこに山根はいるんですよね』

『いるよ。後ろ手に組み伏せられて地面に這いつくばっている。で、おれはその上に乗っかっている』

『私の声を、彼に聞こえるようにしてくれませんか』

『いいけど』

不思議そうにしながらも、和田さんはいぶき先輩の指示に従ったようだ。

『どうぞ』

和田さんの声がやや遠くなったのは、スマホを山根の耳にあてたからだろう。

『Z県警通信指令課の君野です』

いぶき先輩は律儀に名乗った後で、言った。

『私も違いますから。私も、男の人を見た目だけで好きになったわけじゃありませんから。むしろぜんぜんかっこよくないし、仕事もそんなにできないし、どうしてこんな人を好きになったんだろうって、自分でもよくわからないんです』

『は？　なに言ってんだ』

山根の声がした後で、和田さんの声が戻ってくる。

『どうだい。言いたいこと、言えた？』

『はい。すっきりしました。ありがとうございました』

いぶき先輩は頭を下げた後で、僕の視線に気づいたらしい。こちらに顔を向ける。

「なんですか」

「いや。なんでも……」

「勘違いしないでくださいね。一般論としてお話ししただけです」

「なんの話ですか」

見た目だけで男性を好きにならないという話だろう。けれど、かっこよくないとか仕事ができないとか、明らかに誰かを思い浮かべていそうな言い方だったけど。とても一般論とは思えない。

「わからないならいいです」

いぶき先輩は突き放す口調だった。なにが気に入らないのかわからない。相変わらず難しい人だ。

「そういえば、すみませんでした」

「なんの話ですか」と、今度はいぶき先輩が首をかしげる。

「『三者』ボタン」

いつもは僕が受けた通報に、いぶき先輩が『三者』ボタンで介入してくる。逆のことをしたのは初めてだった。当たり前だ。いぶき先輩は〈万里眼〉。県警内でその噂を知らない者はいないという、伝説の通信指令課員。僕なんかの助けが必要になるなんて、あるはずがない。出過ぎた真似をした。もしかしたら、いぶき先輩が気を悪くしたかもしれない。

でも。

「良い判断でした」

いぶき先輩はかすかに頬を緩めてくれた。安堵(あんど)で僕の頬も緩む。

「ありがとうございます」

「そんなことより」

いぶき先輩が顎をしゃくる。

僕の指令台の警告灯が緑色に光っていた。そうだ。助けを求めているのはミキさんだけではない。反対番に引き継ぐまで、まだまだ公務は続く。

僕はヘッドセットの位置を直しながら『受信』ボタンを押した。

「はい。Z県警一一〇番です。事件ですか。事故ですか」

困った人、助けが必要な人の声を聞く。

これが僕の仕事だ。

7

「こっちこっち」と、ミキさんが立ち上がり、手を振る。

席を確保してくれていたらしく、カウンターのミキさんの隣の席には、彼女のハンドバッグが置いてあった。

僕は身体を斜めにしてほかのお客さんとすれ違い、ミキさんのもとに向かう。

「廉くん。お腹空いてたの？」

僕が両手で抱えたトレイには、アイスコーヒーのほか、ミルクレープが皿に載っていた。

「とくにそういうわけではないんですけど、会計しているときに目に入って、美味しそうだなって」

「わかる。ちょうどレジの横にケーキのショーケースがあるから、会計しているときに目に入っちゃうんだよね。上手くできてるなと思う。でもそういうことなら言ってくれれば、私がご馳走したのに」

「そういうわけにはいきません」

これまでもミキさんと食事するときには、必ず割り勘にしていた。恋人ではなく、あくまで友人。いちおう僕なりに線引きしてきたつもりだ。だから今回も、ミキさんは自分が飲むソイラテの会計を先に済ませていた。

「でも、今回は廉くんには助けてもらったから。そのお礼もしないと」

「いいえ。けっこうです。仕事でやっただけですから」

「真面目か」

「真面目です。すみません」

僕はミキさんの隣に腰かけた。道路に面したカウンター席はガラス張りで、外の様子がよく見える。すでに日差しは夕方の気配を帯びていて、街には下校途中と思しき制服姿の学生も多い。

繁華街の目抜き通りにあるチェーン系のコーヒーショップは、つい先ほどまでミキさんが事情聴取を受けていた警察署とは目と鼻の先にあった。いつもはミキさんが僕の住まいの近所まで来てくれていたが、今回ばかりはそうはいかない。当直勤務を終えた僕はその足で山根が連行された所轄署に向かい、ミキさんの事情聴取が終わるのを待っていた。

所轄署にはミキさんの家族も駆けつけていた。お父さん、お母さん、お兄さんと妹さん。ほかにも姿勢の良いスーツの男性が一人いたけど、その人はお父さんの運転手だという。そして家のことはお手伝いさんたちに任せてきたと言っていたから、ミキさんは本当にとてつもないお嬢さまだったらしい。お手伝いさん「たち」って。複数形だよ。

家族とひとしきり無事を喜び合ったミキさんは、「ちょっと彼と話してくる」と、僕の手を引いて警察署を出たのだった。

「あー。それにしても疲れたあ。同じこと何度も訊かれるんだもん」

ミキさんが両手を上げて大きなのびをする。

「すみません。供述にブレや矛盾が出ないようにするためです」

「わかってる。あいつを刑務所にぶち込むためだもんね。ほんと、ムカつくわ」

腕組みをするミキさんのたくましさに、僕は思い出し笑いをこらえきれなくなった。

「なに。廉くん」

「いいえ。聞きました。逮捕時の様子」

和田さんが山根を取り押さえたとき、ほかの警察官によって拘束を解かれたミキさんは、立ち上がるとすぐに山根につかみかかったらしい。パンチだかビンタだかキックだかが何発かヒットしたとかしないとか、そんな話を聞いたが、その部分についてはもちろん調書に記載しない方向らしい。

「だって腹立つじゃない。刃物で脅して、身体の自由を奪って自分の思うとおりにしようなんて、最っ低の男だよ。相手に振り向いて欲しいなら、ちゃんと言わなきゃダメじゃない。一人でうじうじ悩んで、被害妄想膨らませて、なにやってんだか」

まったく正しい意見だけど、僕には自分のことを言われているようにも思えて反応に困る。

そんな自分と決別するためにも、とにかく今日こそ、ちゃんと言葉にしないと。

「そもそも、パパが悪いんだよ。どこの馬の骨だかわからないやつを家（うち）に呼んでハリキュウ？　なんかさせて。そのせいで私が狙われることになったんだから。ほんと最悪。だいたい――」

「あの」と、ミキさんの話を遮るかたちになってしまって申し訳ない。でも許して欲しい。不器用な僕は、タイミングを見計らっていると結局話を切り出すことができない。いつものように流されて終わる。そして流されたことを言い訳に、いろんなことを他人のせいにして生きていく。

「僕、一度、ミキさんにきちんと話しておかないといけないと思って」

ミキさんが身体ごとこちらを向き、膝（ひざ）の上で両手を揃える。

「なに」

「僕、ミキさんにはすごく感謝しているんです。最初は不要不急の通報を繰り返す迷惑な市民だと思っていたけど」

ふふっ、とミキさんが笑う。

「それは間違いない。でも、必死だったから。どうしても、廉くんと仲良くなりたかったから」

「ええ。わかっています。ミキさんが迷惑通報を繰り返した原因は僕にもあります。僕がはっきりと態度を表明しなかったからです」

「それでも、いけないことはいけないことなんだけどね」

ミキさんはぺろりと舌を出した。

僕は微笑で応じ、続ける。

「なんとなく押しに負けるかたちで連絡先を交換して、ときどき会うようになってからも、僕はずっと曖昧な態度でした。ミキさんが真っ直ぐに気持ちをぶつけてくれるのに、それに応えることもせず、逆にはっきり拒絶もしなかった。本当にずるい男だったと思います。迷惑そうな素振りをしたり、気乗りしていないように振る舞いながら、ミキさんに求めてもらったり、肯定してもらうのが心地よかったんです。きっとミキさんは、僕といても楽しくなかったと思います」

「そんなことないよ。楽しいよ。だって廉くん、私の知り合いにいないタイプだもん」

マイペースなようでいて、どこまでもやさしい人だとあらためて思う。僕はこの人のやさしさに、ずっと甘えていた。

「ありがとうございます。でも僕は、ずっと嫌なやつだった。ミキさんにひたすら存在を肯定してもらって気持ちよくなりながら、僕自身、ミキさんになにかを返すことをできていなかった。とても不誠実な態度だったと思っています」

「そうなの？」

ミキさんは困ったように笑う。

「そうなんです。今回の事件を通じて、僕はそのことを痛感しました」

「じゃあ、私がいて悪いことばかりでもなかったわけだ。よかった」

「事件が起きてよかったと言ってはいけないと思いますけど、僕にとっては、自分を見つめる大きなきっかけにはなりました。僕は、ミキさんに救われていました。自分で思っている以上に、たくさんのものをもらっていました。だからきちんと、ミキさんに向き合わないといけない」

僕は身体の向きを変え、ミキさんと正対した。膝と膝がくっつきそうに近い。視線が重なると、反射的に顔を背けそうになる。けれど堪えた。考えてみれば、ミキさんの顔を正視したのすら初めてかもしれない。

「すみません。好きな人がいるので、ミキさんとはお付き合いできません」

僕は深々と頭を下げた。

僕は気づいた。いぶき先輩のことが好きだ。自分の気持ちがよくわからなかったけど、きっと好きだ。それなのに、ミキさんのやさしさに甘えて微妙な関係を継続している。頻繁に連絡が来るのに迷惑そうなそぶりを装いながら、実は僕のほうがそれを望んでいる。無意識に、ミキさんに気を持たせるような態度をとっていた。

気づくのが遅すぎたと思う。

いぶき先輩はこの前、和田さんからデートに誘われていた。結果は聞いていないけど、たぶん応じた。断る理由なんてないし、僕がいぶき先輩の立場でも行くと思うから。

だから僕の想いが報われることは、おそらくない。でもそんな理由でミキさんを選ぶことはできない。ミキさんみたいな素敵な人なら、いちばんに選んでくれる人はきっといる。ミキさんはそういう人と一緒にいるべきなんだ。僕が曖昧な態度をとり続けることで、ミキさんから出会いの可能性を奪ってはいけない。

正直、何様だという思いはある。こんな素敵な女性から好意を向けられることなど、今後の人生でないかもしれない。もったいない。でも身を引くべきだ。僕のはっきりしない態度はやさしさではない。他人を傷つけたくないのではなく、他人が傷つくところを見たくないという保身に過ぎない。

はっきり言わなければ。

たとえミキさんが悲しそうな顔をしたとしても。

彼女が涙を流したとしても。

――そう思っていたのだが。

「そうなの？　なにかと思ったら、そういう話？」

想像とあまりにかけ離れた反応に、僕は啞然とする。

「は、はい。ええと、ごめんなさい」

「そんなのいいの。気にしないで」

笑顔で手をひらひらさせるところまでは、もしかして僕に罪悪感を抱かせないために気丈に振る舞ってくれているのかと思ったが、違った。

「そんなことより、和田さんって彼女いるの？」

「は？」

頭が真っ白になった。和田さんって、僕が知っているあの和田さんだろうか。

「すっごいかっこいいよね。犯人を簡単に組み伏せて手錠かけるところとか、何度も何度も思い出してる。どうしてあのとき、動画撮っとかなかったんだろう」

うっとりと虚空を見つめるミキさんの瞳は、完全に恋する乙女のそれだ。

そして和田さんも、どうやら僕の知っている和田さんで間違いなかったようだ。

山根は死んだ両親から相続した家に一人暮らししていた。市の文化財に指定されるような古い住宅で、敷地内には蔵があった。ミキさんは蔵に監禁されていたらしい。現着したほかの警察官が躊躇するのをよそに、和田さんはさっさと扉の錠前を破壊して蔵に突入、ミキさんに襲いかかる山根を引き剝がし、格闘の末に山根を組み伏せた。和田さんの素早い決断がなかったら、ミキさんはどうなっていたかわからない。そしてそんな場面を目の当たりにしたら、和田さんを好きになってしまうのも無理はない。

っていうか、僕の立場は……？

たしかに、好きと言われたし声がかっこいいと言われたし、頻繁に連絡が来たし食事にも誘われた。だがよく考えてみると、交際して欲しいとは一度も言われていない。

でも、明らかに僕のことを――。

それ以上未練がましいことを言うべきではない。僕が勘違いしていただけならよかったじゃないか。

なにはともあれ一刻も早く、この顔の火照りが収まって欲しい。

「運命を感じたの。この人しかいない。この人が私にとっての、白馬の王子さまだって」

「そ、そうなんだ」

僕はさりげなく自分の頰に手をあてた。熱い。熱すぎる。とてつもなく恥ずかしい。消えてなくなりたい。

「ねえ、廉くん。和田さんとの仲を取り持ってくれない？　最初だけ食事の機会をセッティングしてくれれば、後は自分で上手くやるから」

「は、はあ……」

これまでミキさんにはお世話になってきたし、それぐらいなら。

そのとき、背後で陶器の割れる音がした。誰かがコーヒーカップでも落としたか。さりげなく背後を振り返って様子をうかがうと、やはりそうだった。床にコーヒーカップの白い破片が散らばり、スーツ姿の男性が頭を抱えている。

僕は視線を正面に戻そうとし、弾かれたように再度振り向いた。

「和田さん……？」

そう。コーヒーカップを割ってしまった男性は、和田さんその人だった。

「えっ。和田さん？」

ミキさんが目にハートマークを浮かべて振り返る。

「どうして和田さんが――」

ここにいるんですか、と続けようとして、和田さんと同じテーブルにもう一人、見覚えのある顔がいるのに気づいた。

「いぶき先輩も」

和田さんと同席しているのは、普段着姿のいぶき先輩だった。

どうして二人がこんなところに。

もしかして二人でデートだろうか。心に暗い雲がかかりかけたが、どうも様子がおかしい。和田さんもいぶき先輩も、潔白を訴えるように両手を振っている。

「これは違うんだ。けっして早乙女くんとミキちゃんがどんな話をするのか、盗み聞きしようとしていたわけでは……」

「和田さんに強引に連れてこられただけで、私が言い出したことではありません」

二人の言い分を合わせると、僕とミキさんがどんな話をするのか盗み聞きしてやろうと和田さんが言い出し、いぶき先輩を強引に連れてきたというのが真相のようだ。

「どうしてそんなことを……？」

和田さんが大きくかぶりを振る。

「誤解しないでくれ。けっして下世話な興味でこんなことをしたわけじゃない。いぶきちゃんが、すごく心配しているみたいだったから。早乙女くんがミキちゃんに告白しちゃうんじゃないかって」

「僕が？」

いぶき先輩が顔を真っ赤にして和田さんに抗議する。

「そんなこと言ってません。勝手に発言を捏造しないでください」

「言っていなくても思ってる。ここまでついてきたのがなによりの証拠だよ。普段のいぶきちゃんなら、そんな悪趣味なことには付き合えないって断った」

図星だったらしく、いぶき先輩の頬がぽっと赤くなる。

なぜ二人がここにいるのかは理解した。僕がミキさんに告白するかどうか、確認したかったらしい。

でもなぜ？

だって二人は二人で良い感じのはずだから、僕とミキさんのことなんかそんなに気にする必要もない。

和田さんがいぶき先輩を見る。

「な。いぶきちゃん、言っただろう？　早乙女くんはミキちゃんに告白しようとしているわけじゃない。むしろ逆だって」

和田さんは僕がミキさんに告白しない派だったようだ。

「私はそんなの興味ないし、どっちだっていいと言ったはずですが」

「本当に素直じゃないね。そういうこと言うかな。コンサートの誘いを断るときに、好きな人がいるって——」

「和田さん」

これまで見たことのない、いぶき先輩の殺気のこもった目と低い声だった。さすがの和田さんも頬をひきつらせている。

コンサートの誘いを断った？

和田さんはさっき、そう言った。

いぶき先輩、和田さんの誘いを断ってたんだ。

そのとき、ミキさんが立ち上がった。

「王子さま！」

文字通り吸い寄せられるような足取りで、和田さんに近づいていく。

「待って待って。まだ破片が散らばってて危ないから」

和田さんが手の平を向けて、ミキさんを制する。

「私なら平気。いざとなったら和田さんが守ってくれるって信じてるし」

「おれが守れるのは犯罪からだけだよ」

「それでもかまわない」

「意味がわからない」

和田さんが視線でいぶき先輩に救いを求めた。

「ミキさん。応援してます。頑張って」

いぶき先輩はガッツポーズでミキさんを叱咤する。

「なに煽ってるの。ほらミキちゃん、それ以上近づくと危ないから」

「平気。障害があるほうが燃えるタイプだし」

「だから意味がわからないってば」

珍しくおろおろする和田さんの様子に、いぶき先輩が手で口もとを覆ってクスッと笑った。

そのしぐさがかわいらしくて、僕は見とれてしまう。

すると次の瞬間、いぶき先輩の視線がこちらを向いた。目が合う。僕はどういう表情をすればいいのかわからなくなる。

そんな僕に、いぶき先輩はにっこりと微笑みかけてくれた。

本書は書き下ろしです。

この作品はフィクションであり、実在の人物・地名・団体等とは一切関係ありません。

お電話かわりました名探偵です

リダイヤル

佐藤青南

令和3年 12月25日　初版発行

発行者●堀内大示

発行●株式会社KADOKAWA
〒102-8177　東京都千代田区富士見2-13-3
電話　0570-002-301（ナビダイヤル）

角川文庫 22948

印刷所●株式会社暁印刷
製本所●本間製本株式会社

表紙画●和田三造

ISBN 978-4-04-111624-1　C0193

◇◇◇

角川文庫発刊に際して

角川源義

第二次世界大戦の敗北は、軍事力の敗北であった以上に、私たちの若い文化力の敗退であった。私たちの文化が戦争に対して如何に無力であり、単なるあだ花に過ぎなかったかを、私たちは身を以て体験し痛感した。西洋近代文化の摂取にとって、明治以後八十年の歳月は決して短かすぎたとは言えない。にもかかわらず、近代文化の伝統を確立し、自由な批判と柔軟な良識に富む文化層として自らを形成することに私たちは失敗して来た。そしてこれは、各層への文化の普及滲透を任務とする出版人の責任でもあった。

一九四五年以来、私たちは再び振出しに戻り、第一歩から踏み出すことを余儀なくされた。これは大きな不幸ではあるが、反面、これまでの混沌・未熟・歪曲の中にあった我が国の文化に秩序と確たる基礎を齎らすためには絶好の機会でもある。角川書店は、このような祖国の文化的危機にあたり、微力をも顧みず再建の礎石たるべき抱負と決意とをもって出発したが、ここに創立以来の念願を果すべく角川文庫を発刊する。これまで刊行されたあらゆる全集叢書文庫類の長所と短所とを検討し、古今東西の不朽の典籍を、良心的編集のもとに、廉価に、そして書架にふさわしい美本として、多くのひとびとに提供しようとする。しかし私たちは徒らに百科全書的な知識のジレッタントを作ることを目的とせず、あくまで祖国の文化に秩序と再建への道を示し、この文庫を角川書店の栄ある事業として、今後永久に継続発展せしめ、学芸と教養との殿堂として大成せんことを期したい。多くの読書子の愛情ある忠言と支持とによって、この希望と抱負とを完遂せしめられんことを願う。

一九四九年五月三日

角川文庫ベストセラー

影の斜塔
警視庁文書捜査官
麻見和史

ある殺人事件に関わる男を捜索し所有する文書を入手せよ――。文書解読班の主任、鳴海理沙に、機密命令が下された。手掛かりは1件の目撃情報のみ。班解散の危機と聞き、理沙は全力で事件解明に挑む！

愚者の檻
警視庁文書捜査官
麻見和史

頭を古新聞で包まれ口に金属活字を押し込まれた遺体が発見された。被害者の自宅からは謎の暗号文も見つかり、理沙たち文書解読班は捜査を始める。一方で矢代は岩下管理官に殺人班への異動を持ち掛けられ⁉

銀翼の死角
警視庁文書捜査官
麻見和史

新千歳から羽田へ向かうフライトでハイジャックが発生！　SITが交渉を始めるが、犯人はなぜか推理ゲームを仕掛けてくる。理沙たち文書解読班は理不尽なゲームに勝ち、人質を解放することができるのか⁉

茨の墓標
警視庁文書捜査官
麻見和史

都内で土中から見つかった身元不明の男性の刺殺遺体。そのポケットには不気味な四行詩が残されていた。理沙たち文書解読班は男性の身元と詩の示唆する内容を捜査し始めるが、次々と遺体と詩が見つかり……。

犯罪に向かない男
警視庁捜査一課田楽心太の事件簿
大村友貴美

いいかげんな性格で悪名高い捜査一課田楽心太は、冴えた捜査勘と共感力では誰にも負けない名刑事だ。巨大リテールカンパニー社長令嬢の誘拐と、建設現場で発見された焼死体。事件の因縁を田楽が解きあかす。

角川文庫ベストセラー

存在しなかった男
警視庁捜査一課田楽心太の事件簿
大村友貴美

タイへのハネムーンの帰国便の機内から、夫の姿が忽然と消えた。妻が途方に暮れる中、東京湾で彼の遺体が発見される。だがそのパスポートには出入国の印がなかった…。驚愕の展開に息を呑む密室ミステリ！

産業医・渋谷雅治の事件カルテ
シークレットノート
梶永正史

産業医の渋谷は、ある社員の自殺の背後にリコールすべき重大案件が隠されていることに気づく。人を診ながら会社の不正を見抜いた渋谷は、組織に不調をきたす病の元を治療するべく、真相に迫る！

蘇った刑事
デッドマンズ・サイド
柿本みづほ

頭を撃たれながら奇跡的に蘇った刑事の入尾は、しかし、以前の入尾ではなくなっていた。頭に〝女王〟が棲みついたのだ。女王とは一体？　自分は何故撃たれた？　現実に起こりうる⁉　型破りな警察小説！

逸脱
捜査一課・澤村慶司
堂場瞬一

10年前の連続殺人事件を模倣した、新たな殺人事件。県警を嘲笑うかのような犯人の予想外の一手。県警捜査一課の澤村は、上司と激しく対立し孤立を深める中、単身犯人像に迫っていくが……。

天国の罠
堂場瞬一

ジャーナリストの広瀬隆二は、代議士の今井から娘の香奈の行方を捜してほしいと依頼される。彼女の足跡を追ううちに明らかになる男たちの影と、隠された真実とは。警察小説の旗手が描く、社会派サスペンス！

角川文庫ベストセラー

警視庁監察室
報復のカルマ

中谷航太郎

新宿署の組織犯罪対策課の刑事・宗谷弘樹が殺害された。そして直後に、宗谷に関する内部告発が本庁の電話にあった。監察係に配属された新海真人は、宗谷関連の情報を調べることになったが――。

警視庁監察室
ヤヌスの二つの顔

中谷航太郎

警視庁監察係の新海真人は、麻薬取締官と科捜研の検査官から報告を受けた。成田空港で新たな違法ドラッグが持ち込まれたという。それは、真人の妹を死なせたドラッグと成分が酷似していた――。

刑事にだけはなりたくない
警務課広報係永瀬舞

中谷航太郎

赤羽署警務課広報係の永瀬舞は、猫を拾って仕事をさぼった翌日、自身の住むマンションの側で、殺人事件が起きていたことを知らされた。舞が昨日被害者に会っていたことから、捜査に参加することに。

脳科学捜査官　真田夏希

鳴神響一

神奈川県警初の心理職特別捜査官・真田夏希は、医師免許を持つ心理分析官。横浜のみなとみらい地区で発生した爆発事件に、編入された夏希は、そこで意外な相棒とコンビを組むことを命じられる――。

脳科学捜査官　真田夏希
イノセント・ブルー

鳴神響一

神奈川県警初の心理職特別捜査官の真田夏希は、友人から紹介された相手と江の島でのデートに向かっていた。だが、そこは、殺人事件現場となっていた。そして、夏希も捜査に駆り出されることになるが……。

角川文庫ベストセラー

脳科学捜査官 真田夏希
エキサイティング・シルバー
鳴神響一

キャリア警官の織田と上杉の同期である北条直人が失踪した。北条は公安部で、国際犯罪組織を追っていたという。北条の身を案じた2人は、秘密裏に捜査を開始するが——。シリーズ初の織田と上杉の捜査編。

ツキマトウ
警視庁ストーカー対策室ゼロ係
真梨幸子

ぱったん、ぱったん、ぱったん、ぱったん……近づいてくる足音、蝕まれていく心——。ふとした日常の違和感から妄執に取り憑かれていく男女たちを、イヤミスの旗手が放つ戦慄のストーカー小説！

仮面の狂騒
警視庁機動捜査隊216
安井国穂

渋谷で身元不明の若い男性の遺体が発見された。現場に急行する機動捜査隊の沢村舞子。殺された男と関わりのあった人気デリヘル嬢が捜査線上に浮かんできた——。人気ドラマシリーズがオリジナル小説で登場！

刑事に向かない女
山邑圭

採用試験を間違い、警察官となった椎名真帆は、交通課勤務の優秀さからまたしても意図せず刑事課に配属されてしまった。殺人事件を担当することになった真帆の、刑事としての第一歩がはじまるが……。

刑事に向かない女
違反捜査
山邑圭

都内のマンションで女性の左耳だけが切り取られた絞殺死体が発見された。荻窪東署の椎名真帆は、この捜査でなぜか大森湾岸署の村田刑事と組まされることになる。村田にはなにか密命でもあるのか……。